蔡元培先生像

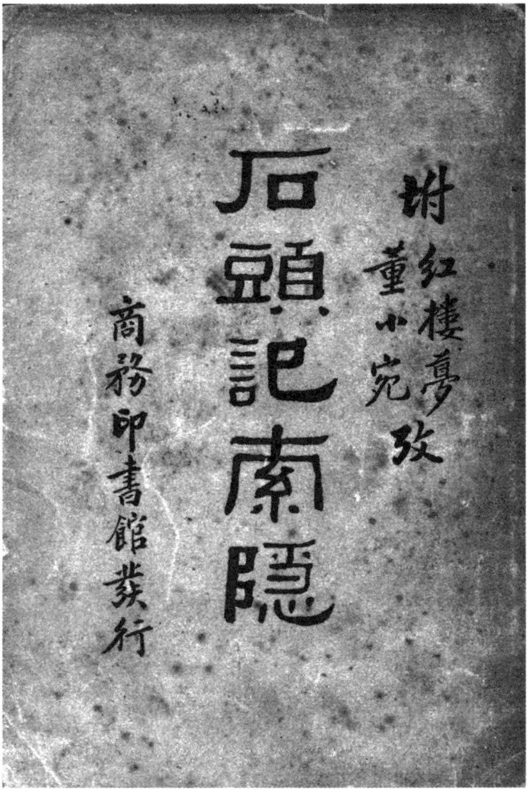

《石头记索隐》首版封面

後記

碎金文丛

蔡元培论红楼梦

蔡元培 著

苗怀明 整理

商务印书馆
创于1897 The Commercial Press

图书在版编目（CIP）数据

蔡元培论红楼梦 / 蔡元培著；苗怀明整理 . 北京：商务印书馆，2025. --（碎金文丛）. -- ISBN 978-7-100-24958-4

Ⅰ. I207.411

中国国家版本馆 CIP 数据核字第 2025846U0V 号

碎金文丛

蔡元培论红楼梦

蔡元培　著

苗怀明　整理

商 务 印 书 馆 出 版

（北京王府井大街 36 号　邮政编码 100710）

商 务 印 书 馆 发 行

北京通州皇家印刷厂印刷

ISBN 978 - 7 - 100 - 24958 - 4

2025 年 8 月第 1 版　　开本 787 × 1092　1/32

2025 年 8 月北京第 1 次印刷　　印张 8 3/8　插页 2

定价：59.00 元

出版说明

学问一事，见微而知著，虽片言鳞爪，却浑然一体。及今观之，札记、书信、日记等传统书写方式，更是散发出无定向、碎片化的后现代气息。钱锺书先生便将自己的读书笔记题为“碎金”，凸显其特殊的价值。

文丛取名“碎金”，意在辑零碎而显真知，并与“中华现代学术名著丛书”相映衬。丛书所录，非为诸名家正襟危坐写就的学术著作，而是其随性挥洒或点滴积累的小品文章。分为治学随笔、学林散记、日记书信与口述自传等系列，多为后人精心整理或坊间经年未见的佳作。希望这些短小而精美、灵性而深邃、言简而隽永的吉光片羽，能帮助读者领略名家学者的点滴妙悟、雅趣文字，一窥学术经典背后的丰富人生。

商务印书馆编辑部

整理说明

在中国现代红学史上，蔡元培是一位产生过重要影响的人物。不管人们对他的索隐式研究是褒还是贬，其《石头记索隐》自 1917 年 9 月在商务印书馆出版以来，一直不断被刊印。《石头记索隐》只有两万多字，难以单独成书，出版社通常将其与王国维的《红楼梦评论》、胡适的《红楼梦考证》等放在一起刊印。事实上，蔡元培的红学论述除了《石头记索隐》外，还散见于其日记、演讲、书信及其他文章中，其谈论的范围也远超出人物、情节的索隐。仅仅依据《石头记索隐》来探讨蔡元培的红学研究显然是不完整的，也是不公正的。遗憾的是，蔡元培这类有关《红楼梦》的论述除了少数研究者撰文探讨之外，还没有得到应有的关注和重视。有鉴于此，本书利用浙江教育出版社 1997 年版《蔡元培全集》等文献，将蔡元培有关《红楼梦》的论述按著述的时间先后编为一集，为更为全面深入了解蔡元培的红学研究提供参考和借鉴。由于蔡元培的红学论述大多并非专论，散见在其日记、演讲、书信

及其他文章中，因此本书多采取节录的方式，只选录与红学有关的内容。

所收著述，皆在文后注明出处，以备复核。原文如有明显的排印错字，断句、标点有明显的不妥之处，均予径改。其他有需要解释者，则出注简要说明。正文所有页下注均为整理者所加，不再一一注明。

《石头记索隐》多将《红楼梦》的人物形象、故事情节与清代的人物、史实相对应，为便于读者理解，整理时做了简要的注释。

此外，张元济、胡适等人以书信、日记等方式记述与蔡元培之间的红学交往，并对其红学研究进行评述，这些对探讨蔡元培的红学研究也是十分重要的参考文献，因此作为附编收录。

全文的整理一定还存在一些问题，欢迎读者诸君随时批评指正。

苗怀明

2024 年 6 月 21 日

目　录

附编

1894—1899年日记

1894年9月11日〔一〕

同乙斋进城，送王黻臣、马稚眉诸君进场。阅厂肆，于文光堂购得新刻本《海国图志》、《西藏图考》，谐价三金。于宝善堂购得新斠注《汉书日记·地理志》、《西夏纪事本末》、《中西纪事》、《元遗山诗笺》、《南北史识小录》、《郎潜纪闻》、董方立所绘《皇朝舆地图》、《说文通检》，谐价六金有奇。阅《海国图志》，其沿革图及程经历

〔一〕 蔡元培日记1911年之前的日期使用农历，1911年之后使用西历，《蔡元培全集》一仍其旧。本书则统一使用西历，将其1911年前日记的日期由农历换算为西历。本日在日记中标为“八月十有一日乙卯”。

所摹图，皆不甚详悉。

（中国蔡元培研究会编《蔡元培全集》第十五卷，浙江教育出版社 1997 年版。本书后引此书不再详列，简称《蔡元培全集》第 ×× 卷。）

1894 年 9 月 29 日（节录）〔一〕

鸡鸣进城，回馆已食时矣。阅《郎潜纪闻》。

（《蔡元培全集》第十五卷）

1894 年 10 月 4 日（节录）〔二〕

阅《郎潜纪闻》十四卷、《燕下乡脞录》十六卷竟，鄞陈康祺（钧堂）著，皆取国朝人诗文集笔记之属，刺取记国闻者。

（《蔡元培全集》第十五卷）

〔一〕 本日在日记中标为“（九月）甲戌朔”。

〔二〕 本日在日记中标为“（九月）六日己卯”。

1896年7月27日〔一〕

《郎潜笔记》述徐柳泉（时栋）说《红楼梦》小说，十二金钗皆明太傅食客：妙玉即姜湛园，宝钗即高澹人。以是推之，黛玉当是竹垞。所谓西方灵河岸上，谓浙西秀水。绛珠草，朱也。盐政林如海，以海盐托之。潇湘馆影竹垞，还泪指诗。史湘云是陈其年，其年前身是善卷山房诵经猿，故第四十九回有“孙行者来了”之谑。第五十回所制灯谜，是耍的猴儿。宝琴是吴汉槎，汉槎尝谪宁古塔，故宝琴有从小儿所走过地方的古迹不少，又称见过真国女孩子。三春疑指徐氏昆弟，春者东海也。刘老老当是沈归愚。

《随园诗话》卷二：曹楝亭为江宁织造，其子雪芹撰《红楼梦》，备记风月繁华之盛。某书记张船山语，谓《红楼梦》八十回以后，其友高兰墅所补。

（《蔡元培全集》第十五卷）

〔一〕 本日在日记中标为“（六月）十有七日辛巳”。

1896年10月10日〔一〕

霁，夜又雨。近日无聊，阅太平闲人所评《红楼梦》一过，金圣叹所评《水浒传》一过。圣叹自是隽才，斥《西厢》后四出为续部，甚卓。《水浒传》古本，则圣叹杜撰也。闲人评红楼，可谓一时无两，觉〔二〕王雪香、姚梅伯诸人所缀，皆呓语矣。

（《蔡元培全集》第十五卷）

1898年9月12日（节录）〔三〕

余喜观小说，以其多关人心风俗，足补正史之隙，其佳者往往意内言外，寄托遥深，读诗逆志，寻味无穷。前曾刺康熙朝士轶事，疏证《石头记》，十得四五。近又有所闻，杂志左方，用资印证。固知唐丧笔札，庶亦贤于博弈：

〔一〕本日在日记中标为“（九月）四日丙申”。

〔二〕“觉”字在《蔡元培全集》一书中上读，不通，当以下读为是。

〔三〕本日在日记中标为“（七月）二十七日戊寅”。

林黛玉（朱竹垞）	薛宝钗（高澹人）	宝琴（冒辟疆）
妙　玉（姜湛园）	王熙凤（余国柱）	李纨（汤文正）
探　春（徐澹园）	惜　春（严藕舲）	元春
史湘云（陈其年）	贾　母（明太傅）	迎春
宝　玉（纳兰容若）	刘老老（安　三）	秋菱

右《石头记》

（《蔡元培全集》第十五卷）

1899 年 7 月 19 日（节录）〔一〕

点勘《巴黎茶花女遗事》译本，深人无浅语，幽矫刻挚，中国小说者，惟《红楼梦》有此境耳。

（《蔡元培全集》第十五卷）

〔一〕 本日在日记中标为“（六月）十有二日戊子”。

致蒋维乔（节录）

（1914 年 10 月 2 日）

弟现在着手于《红楼梦疏证》，写定即寄奉。

（《蔡元培全集》第十卷）

致蒋维乔（节录）

（1915年4月27日）

《石头记索隐》本未成之作，故不免有戛然而止之状。加一结束语，则阅者不至疑杂志所载为未完，甚善。特于别纸写一条，以备登入。

（《蔡元培全集》第十卷）

石头记索隐

（1915年11月）

《石头记》者，清康熙朝政治小说也。作者持民族主义甚挚。书中本事，在吊明之亡，揭清之失，而尤于汉族名士仕清者，寓痛惜之意。当时既虑触文网，又欲别开生面，特于本事以上，加以数层障幂，使读者有“横看成岭侧成峰”之状况。

最表面一层，谈家政而斥风怀，尊妇德而薄文艺。其写宝钗也，几为完人，而写黛玉、妙玉，则乖痴不近人情，是学究所喜也，故有王雪香评本。〔一〕进一层，则纯乎言情之作，为文士所喜，故普通评本，多着眼于此点。

〔一〕 王雪香：即王希廉，字雪香，号护花主人，震泽（今江苏吴江）人。主要生活在清道光至光绪间，著有《新评绣像红楼梦全传》《李史》等。

再进一层，则言情之中，善用曲笔。如宝玉中觉，在秦氏房中布种种疑阵，宝钗金锁为笼络宝玉之作用，而终未道破。又于书中主要人物，设种种影子以畅写之，如晴雯、小红等均为黛玉影子，袭人为宝钗影子是也。

此等曲笔，惟太平闲人评本能尽揭之。〔一〕太平闲人评本之缺点，在误以前人读《西游记》之眼光读此书，乃以《大学》、《中庸》“明明德”等为作者本意所在，遂有种种可笑之傅会，如以吃饭为诚意之类。而于阐证本事一方面，遂不免未达一间矣。

阐证本事，以《郎潜纪闻》所述徐柳泉之说为最合〔二〕，所谓“宝钗影高澹人〔三〕，妙玉影姜西溟〔四〕”是也。近人

〔一〕 太平闲人：即张新之，号太平闲人，又号妙复轩。主要生活在清道光至光绪间，长期任幕府。著有《妙复轩评石头记》等。

〔二〕《郎潜纪闻》：清人陈康祺（1840—1890）所撰笔记，全书分初笔、二笔、三笔、四笔，共53卷，多纪录清季有关政治、经济、社会习俗等方面的史事。徐柳泉：即徐时栋（1814—1873），字定宇，号柳泉，浙江鄞县人。清道光二十六年（1846）举人，官至内阁中书。家富藏书，于宁波湖西建烟屿楼。著有《烟屿楼诗集》《四明六志校勘记》等。

〔三〕 高澹人：即高士奇（1645—1704），字澹人，号竹窗、江村等，钱塘（今浙江杭州）人。以诗文见知于康熙皇帝，入内廷供奉，官至内阁学士兼礼部侍郎。著有《江村销夏录》《蔬香词》《竹窗词》等。

〔四〕 姜西溟：即姜宸英（1628—1699），字西溟，号湛园，浙江慈溪人。少有才名，与秀水朱彝尊、无锡严绳孙并称“江南三布衣“，清康熙三十六年（1697）进士，授翰林院编修。后因科场案牵连，死于狱中，著有《湛园未定稿》等。

《乘光舍笔记》谓“书中女人皆指汉人，男人皆指满人，以宝玉曾云男人是土做的，女人是水做的也”〔一〕，尤与鄙见相合。左之札记，专以阐证本事，于所不知则阙之。

书中红字，多影朱字。朱者，明也，汉也。宝玉有爱红之癖，言以满人而爱汉族文化也；好吃人口上胭脂，言拾汉人唾余也。清制，满人不得为状元，防其同化于汉。

《东华录》〔二〕：“顺治十八年六月谕吏部，世祖〔三〕遗诏云：‘纪纲法度，渐习汉俗，于醇朴旧制，日有更张。’”

又云：“康熙十五年十月，议政王大臣等议准礼部奏：‘朝廷定鼎以来，虽文武并用，然八旗子弟，尤以武备为急，恐专心习文，以致武备废弛。见今已将每佐领下子弟一名，准在监肄业，亦自足用。除见在生员、举人、进士录用外，嗣后请将旗下子弟考试生员、举人、进士，暂令停止。’从之。”

是知当时清帝虽躬修文学，且创开博学鸿词科，实专以笼络汉人，初不愿满人渐染汉俗。其后雍、乾诸朝亦时

〔一〕《乘光舍笔记》，作者及内容皆不详，其有关《红楼梦》的评论载石溪散人《红楼梦名家题咏》，广益书局1915年刊行。

〔二〕《东华录》：蒋良骐著，全书共32卷，主要依据《清实录》编撰，系编年体清代史料长编。

〔三〕世祖：即清顺治皇帝爱新觉罗·福临（1638—1661）。

时申诫之。

故第十九回袭人劝宝玉道，再不许吃人嘴上擦的胭脂了，与那爱红的毛病儿。又黛玉见宝玉腮上血渍，询知为淘澄胭脂膏子所溅，谓为带出幌子，吹到舅舅耳里，使大家不干净惹气，皆此意。

宝玉在大观园中所居曰“怡红院”，即爱红之义。所谓曹雪芹于悼红轩中增删本书，则吊明之义也，本书有《红楼梦曲》以此。书中序事托为石头所记，故名《石头记》，其实因金陵亦曰石头城而名之。余国柱〔一〕（即书中之王熙凤）被参，以其在江宁置产营利，与协理宁国府、历劫返金陵等同意也。

又曰《情僧录》及《风月宝鉴》者，或就表面命名，或以“情”字影“清”字，又以古人有“清风明月”语，以风月影明清，亦未可知也。

《石头记》叙事，自明亡始。第一回所云这一日三月十五日，葫芦庙起火，烧了一夜，甄氏烧成瓦砾场，即指甲申三月间明愍帝殉国，北京失守之事也。士隐注解《好了歌》，备述沧海桑田之变态，亡国之痛，昭然若揭，而

〔一〕余国柱（1625—1697）：原名龙柱，字佺庐，号两石、石臣。湖北大冶人。清顺治九年（1652）进士。官至户部尚书、武英殿大学士。后因与明珠等人把持朝政，被革职。

士隐所随之道人，跛足麻履鹑衣，或即影愍帝自缢时之状。甄士本影政事，甄士隐随跛足道人而去，言明之政事随愍帝之死而消灭也。

甄士隐即真事隐，贾雨村即假语存，尽人皆知。然作者深信正统之说，而斥清室为伪统，所谓贾府，即伪朝也。其人名如贾代化、贾代善，谓伪朝之所谓化、伪朝之所谓善也。贾政者，伪朝之吏部也。贾敷、贾敬，伪朝之教育也（《书》曰“敬敷五教”）。贾赦，伪朝之刑部也，故其妻氏邢（音同刑），子妇氏尤（罪尤），贾琏为户部，户部在六部位居次，故称琏二爷，其所掌则财政也。

李纨为礼部（李、礼同音），康熙朝礼制已仍汉旧，故李纨虽曾嫁贾珠，而已为寡妇。其所居曰“稻香村”，“稻”与“道”同音。其初名以“杏花村”，又有“杏帘在望”之名，影孔子之杏坛也（《金瓶梅》以孟玉楼影当时之礼部，氏之以孟，又取“玉楼人醉杏花风”诗句为名，即《红楼梦》所本也）。

作者于汉人之服从清室而安富尊荣者，如洪承畴〔一〕、

〔一〕 洪承畴（1593—1665）：字彦演，号亨九。福建南安人。明万历进士，崇祯时官至陕西总督、蓟辽总督。后兵败降清，顺治时官至翰林弘文院大学士、兵部尚书兼都察院右副都御史。康熙继位后退职。

范文程〔一〕之类，以娇杏代表之。娇杏即徼幸。书中叙新太爷到任，即影满洲定鼎。观雨村中秋口号云：“天上一轮才捧出，人间万姓仰头看。”知为代表满洲也。

于有意接近而反受种种之侮辱，如钱谦益〔二〕之流，则以贾瑞代表之。瑞字天祥，言其为假文天祥也（文小字宋瑞）。头上浇粪，手中落镜，言其身败名裂而至死不悟也（徐巨源〔三〕编一剧，演李太虚〔四〕及龚芝麓〔五〕降李自成后，闻清兵入，急逃而南至杭州，为追兵所蹑，匿于岳坟铁铸秦桧夫人胯下。值夫人方月事，追兵过而出，两人头皆血

〔一〕范文程（1597—1666）：字宪斗，号辉岳，辽宁沈阳人。明万历四十六年（1618）投效努尔哈赤，受到信任和重用。官至大学士、太傅兼太子太师。

〔二〕钱谦益（1582—1664）：字受之，号牧斋，晚号绛云楼主人、蒙叟、东涧老人，江苏常熟人。明万历三十八年（1610）进士。崇祯时官至礼部右侍郎，后降清，官至礼部侍郎，著有《初学集》《有学集》《投笔集》《杜诗笺注》等，编有《列朝诗集》。

〔三〕徐巨源（1608—1652）：即徐世溥，字巨源，号榆溪，江西新建人。明末屡试不第，以著述自娱。入清后隐居。著有《夏小正解》《榆溪集》等。

〔四〕李太虚：即李明睿（1585—1671），字太虚，江西南昌人。明天启二年（1622）进士，官至左中允。入清后官至礼部侍郎。

〔五〕龚芝麓：即龚鼎孳（1615—1673），字孝升，号芝麓，安徽合肥人。明崇祯七年（1634）进士。官至兵科给事中。入清后以原官起用，官至礼部尚书。著有《定山堂集》等。

污，与本书浇粪同意）。叙娩婳将军林四娘，似以代表起义师而死者。叙尤三姐似以代表不屈于清而死者，叙柳湘莲似以代表遗老之隐于二氏者。

书中女子多指汉人，男子多指满人。不独女子是水作的骨肉，男人是泥作的骨肉，与汉字满字有关也。我国古代哲学，以阴阳二字说明一切对待之事物。《易·坤卦·象传》〔一〕曰："地道也，妻道也，臣道也。"是以夫妻君臣分配于阴阳也。

《石头记》即用其义。第三十一回湘云说：比如天是阳，地就是阴。比如一颗树叶儿，那边向上朝阳的就是阳，这边背阴覆下的就是阴。走兽飞禽，雄为阳，雌为阴。翠缕道："怎么东西都有阴阳，咱们人倒没有阴阳呢？"又道："知道了，姑娘是阳，我就是阴。"又道："人家说主子为阳，奴才为阴，我连这个大道理也不懂得？"

是男为阳，主子亦为阳；女为阴，奴才亦为阴，本书明明揭出。清制：对于君主，汉〔二〕人自称奴才，汉人自称臣。臣与奴才，并无二义（《说文解字》臣字象屈服之形，是古义亦然）。以民族之对待言之，征服者为主，被征服

〔一〕 引文实出自《易·坤卦·文言传》。
〔二〕 应作满。

者为奴。本书以男女影满汉，以此。

贾宝玉，言伪朝之帝系也。宝玉者，传国玺之义也，即指胤礽〔一〕。

《东华录》：“康熙四十八年三月，以复立皇太子告祭天坛文曰：‘建立嫡子，胤礽为皇太子。’”

又曰：“朕诸子中，胤礽居贵。”是胤礽生而有为皇太子之资格，故曰衔玉而生。胤礽之被废也，其罪状本不甚征实。

康熙四十七年九月谕曰：“胤礽肆恶虐众，暴戾淫乱，难出诸口。”

又曰：“胤礽同伊属下人等，恣行乖戾，无所不至，令朕赧于启齿。又遣使邀截外藩入贡之人，将进御马匹任意攘取，以致蒙古俱不心服。”

又曰：“知胤礽赋性奢侈，着伊乳母之夫凌普为内务府总管，俾伊便于取用。”

又曰：“朕历览史书，时深儆戒，从不令外间妇女出入宫掖，亦从不令姣好少年随侍左右。今皇太子所行若此，朕实不胜愤懑。”

〔一〕 胤礽（1674—1724）：康熙第二子，为孝诚皇后所生。康熙十四年（1675）被立为太子，四十七年（1708）被废。四十八年（1709）复立为太子，五十一年（1712）再次被废。后被监禁至死。

《石头记》三十三回叙宝玉被打，一为忠顺亲王府长史索取小旦琪官事，二为金钏儿投井，贾环谓是宝玉拉着太太的丫头金钏儿强奸不遂，打了一顿，那金钏儿便赌气投井死了。

琪官事与姣好少年等语相关，忠顺王疑影外藩。长史曾揭出琪官赠红汗巾事，疑影攘取马匹事。相传名马有出汗如血者，故也。曰“暴戾淫乱，难出诸口”，曰“赧于启齿”，曰“从不令外间妇女出入宫掖，今皇太子所行若此”，是当时罪状中颇有中冓之言，即金钏儿之事所影也。

胤礽之罪状，又有曰：“近观胤礽行事，与人大有不同。昼多沉睡，夜半方食，饮酒数十巨觥不醉。每对越神明，则惊惧不能成礼；遇阴雨雷电，则畏沮不知所措。居处失常，语言颠倒，竟类狂易之疾，似有鬼物凭之者。”

又曰：“今忽为鬼魅所凭，蔽其本性。忽起忽坐，言动失常。时见鬼魅，不安寝处，屡迁其居。啖饭七八碗尚不知饱，饮酒二三十觥亦不见醉。匪特此也，细加询问，更有种种骇异之事。”

又曰：“胤礽居撷芳殿，其地险黯不洁，居者辄多病亡。胤礽时常往来其间，致中鬼魅，不自知觉。以此观之，种种举动，皆有鬼物使然，大是异事。”

十一月谕曰：“前灼见胤礽行事颠倒，以为鬼物所凭。”

又曰：“今胤礽之疾，渐已清爽。召见两次，询问前

事，胤礽竟有全然不知者，深自愧悔。又言‘我幸心内略明，惧父皇闻知治罪，未至用刀刺人。如或不然，必有杀人之事矣。’观彼虽稍清楚，其语仍略带疯狂。朕竭力调治，果蒙天佑，狂疾顿除。”

又曰：“十月十七日，查出魇魅废皇太子之物。服侍废皇太子之人奏称：是日废皇太子忽似疯颠，备作异状，几至自尽。诸宫侍抱持环守。过此片刻，遂复明白。废皇太子亦自惊异，问诸宫侍：‘我顷者作何举动？’朕从前将其诸恶皆信为实，以今观之，实被魇魅而然，无疑也。”

四十八年二月谕曰：“皇太子胤礽前染疯疾，朕为国家而拘禁之，后详查被人镇魇之处，将镇魇物俱令掘出，其事乃明。今调理痊愈，始行释放。今譬有人，因染疯狂，持刀砍人，安可不行拘执？若已痊愈，又安可不行释放？”

四月谕曰：“大阿哥镇魇皇太子及诸阿哥之事，甚属明白。”

又曰：“见今镇魇之事发觉者如此，或和尚、道士等更有镇魇之处，亦未可定，日后发觉，始知之耳。显亲王衍潢等遵旨会议，喇嘛巴汉格隆等咒魇皇太子情实，应将巴汉格隆、明佳噶卜楚、马星噶卜楚、鄂克卓特巴俱凌迟处死。皇长子护卫啬楞雅突，明知大逆之事，乃敢同行。又雅突将皇长子复行咒魇。再此案内又有察苏齐引诱宗室格隆、陶州胡土克图行咒魇之事。”

案《石头记》第三十三回贾政斥宝玉道：“好端端的，你垂头丧气，咳些什么？方才雨村来要见你，叫你半天才出来。既出来了，全无一点慷慨挥洒谈吐，仍是葳葳蕤蕤。我看你脸上一团思欲愁闷气色，这会又咳声叹气。”

九十五回失玉以后，“宝玉一日呆似一日，也不发烧，也不疼痛，只是吃不像吃，睡不像睡，甚至说话都无头绪”，与胤礽罪状中之居处失常、语言颠倒及言动失常、不安寝处等语相应。

第二十五回宝玉烫了脸，有宝玉寄名的干娘马道婆向贾母道：“那经典佛法上说的利害，大凡王公卿相人家的子弟，只一生长下来，暗里便有许多促狭鬼跟着他。”与胤礽罪状中鬼物凭之、时见鬼魅等语相应。

又叙宝玉被魇，有云：“拿刀弄杖，寻死觅活。”叙王熙凤被魇，有云：“手持一把明晃晃钢刀，砍进园来，见鸡杀鸡，见狗杀狗，见人就要杀人。周瑞媳妇忙带着几个有力量的胆壮的婆娘，上去抱住，夺下刀来，抬回房去。”与胤礽所谓未至用刀杀人及服侍之人称是日废皇太子忽患疯颠，几至自尽，诸宫侍抱持环守相应。

八十一回，“宝玉道：‘我记得病的时候儿，好好的站着，倒像背地里有人把我拦头一棍，疼得眼睛前头漆黑，看见满屋子里都是些青面獠牙拿刀举棒的恶鬼，躺在炕

上，觉在脑袋上加了几个脑箍似的，以后便疼的任什么不知道了。’凤姐道：‘我也全记不得，但觉自己身子不由自主，倒像有些鬼怪拉拉扯扯，要我杀人才好。有什么拿什么，自记原觉很乏，只是不能住手。’”亦与胤礽案所谓备作异状、全然不知持刀斫人等语相应。

又说马道婆破案，为潘三保事，送到锦衣府去，问出许多官员大户家太太姑娘们的隐情事来。把他家内一抄，抄出几篇小账，“上面记着某家验过，应找银若干”，与胤礽以外复有皇长子及宗室等案，及所谓和尚、道士等更有魇魅等事亦未可定等语相应，行魇魅者巴汉格隆等皆喇嘛，故以马道婆代表之，“马”与“嘛”同音也。

八十一回又称“马道婆身边搜出匣子，里面有象牙刻的一男一女不穿衣眼光着身子的两个魔王”，亦与相传喇嘛教中之欢喜佛相等，马道婆之代表喇嘛也无疑。

《东华录》：“康熙四十七年九月谕云：‘胤礽幼时，朕亲教以读书，继令大学士张英〔一〕教之，又令熊赐履〔二〕教以

〔一〕 张英（1637—1708）：字敦复，号梦复、乐圃，安徽桐城人。清康熙六年（1667）进士，选庶吉士。官至礼部尚书、文渊阁大学士。著有《文端集》《聪训斋语》等。

〔二〕 熊赐履（1635—1709）：字敬修，又字青岳，号素九，别号愚斋，湖北孝感人。清顺治十五年（1658）进士，官至东阁大学士兼吏部尚书。著有《经义斋集》等。

性理诸书，又令老成翰林官随从。’”云云。

《石头记》常言“贾政逼宝玉读书”。第八回：“秦钟因去岁业师回南，在家温习旧课，其父秦邦业知贾家塾中司塾的乃贾代儒（伪朝之儒也），现今之老儒。”

第九回，“贾政对李贵道：‘你去请学里太爷的安，就道我说的，什么《诗经》、古文，一概不用虚应故事，只是先把《四书》一齐讲明背熟，是最要紧的。”

第八十一回，“贾政道：‘前儿倒有人和我提起一位先生来，学问人品都是极好的，也是南边人。’”

又道：“如今儒大太爷虽学问也只中平，但还弹压得住这些小孩子们。”

八十二回称贾代儒为“老学究”，又“宝玉讲‘后生可畏’一章，讲到‘不要弄到’，说到这里，向代儒一瞧。代儒说：‘讲书是没有什么避忌的。’宝玉才说不要弄到老大无成。”均与性理诸书、老成翰林等相应。又熊赐履湖北人，张英安徽人，所谓南边人，殆指张、熊等。

胤礽以康熙十四年十二月被立为皇太子，四十七年九月被废，四十八年三月复立，五十一年十一月复废。自第一次被废以至复立，为时不久，而又悉归咎于魇魅。

故《石头记》中仅以三十三回之笞责及二十五回之魇魔形容之。二十五回中言：“宝玉虽被迷污，经和尚摩弄

一回，依旧灵了。”即虽废旋复之义。至九十四回之失玉，乃叙其终废也。至和尚还玉事等，殆无关本事。

胤礽之被废，由于兄弟之倾轧。《东华录》所载主动者为胤禔〔一〕、胤禩〔二〕二人。《石头记》九十四回于失玉以前先叙海棠既萎而复开，“贾母道：‘花儿应在三月里开的，如今是十一月。’”三月及十一月，与复立、复废之月相应。

又“黛玉说花开之因道：‘当初田家有荆树一颗，三个弟兄因分了家，那荆树便枯了。后来感动了他弟兄们，仍旧归在一处，那颗树也就发了。’”既说弟兄，又说三个，与胤礽、胤禔、胤禩三人相应。

《石头记》叙巧姐事，似亦指胤礽。巧与礽字形相似也。九十二回评女传，巧姐慕贤良，即熊赐履等教胤礽以性理诸书也。一百十八回《记微嫌舅兄欺弱女》，贾环、贾芸欲卖巧姐于藩王，即指胤礽为胤禔、胤禩所卖事。宝玉被打，由贾环诉说金钏儿事；宝玉被魇，由贾环之母赵姨娘主使；巧姐被卖，亦由贾环主谋，与胤禔

〔一〕胤禔（1672—1734）：康熙长子，为惠妃所生。因非嫡长子，没有成为皇太子的资格。被封直郡王。后因谋害胤礽事败，被剥夺爵位，长期监禁。

〔二〕胤禩（1681—1726）：康熙第八子。曾参与争取皇位的斗争，后被雍正监禁。

之陷胤礽相应。

其事又有亲舅舅王仁与闻之，《红楼梦曲》中亦云“休似俺那爱银钱忘骨肉的狠舅奸兄”，与胤礽案中有所谓舅舅佟国维〔一〕者相应。

《东华录》：“康熙四十八年正月，上曰：‘胤禩乃胤禔之党，胤禔曾奏言请立胤禩为太子，伊当辅之。’”

又曰：“此事必舅舅佟国维、大学士马齐〔二〕以当举胤禩默示于众。”

二月谕舅舅佟国维曰：“尔曾奏皇上凡事断无错误之处，此事关系重大，日后易于措处则已，傥日后难于措处，似属未便”等语。

又曰：“因有舅舅所奏之言，及群下小人就中肆行捏造言词，所以大臣、侍卫官员等俱终日忧虑，若无生路者。中心宽畅者，惟大阿哥、八阿哥耳。”

又曰：“舅舅前启奏时，外间匪类不知其故，因盛赞尔云，如此方谓之国舅大臣，不惧死亡，敢行陈奏。今尔之情形毕露，人将谓尔为何如人耶？”

〔一〕 佟国维（？—1719），满洲镶黄旗人。历任一等侍卫、侍卫内大臣、议政大臣。

〔二〕 马齐（1652—1739）：富察氏。满洲镶黄旗人。官至武英殿大学士、太子太保。康熙时因干预立皇太子事被免职。

《石头记》一百十八回，“王仁拍手道：‘这倒是一种好事，又有银子。只怕你们不能，若是你们敢办，我是亲舅舅，做得主的’”。第一百十九回，“事败后，吓得王仁等抱头鼠窜的出来”。与《东华录》之佟国维相应。

康熙四十八年四月谕曰：“胤禔之党羽，俱系贼心恶棍。平日斗鸡走狗，学习拳勇，不顾罪戾，惟务诱取银钱。”故《石头记》亦有“爱银钱的奸兄”语。

林黛玉影朱竹垞〔一〕也。绛珠影其氏也，居潇湘馆影其竹垞之号也。竹垞生于秀水，故绛珠草长于灵河岸上。“竹垞客游南北，必橐载十三经、二十一史以自随。已而游京师，孙退谷〔二〕过其寓，见插架书，谓人曰：‘吾见客长安者，务攀援驰逐，车尘蓬勃间。不废著述者，惟秀水

〔一〕朱竹垞：即朱彝尊（1629—1709），字锡鬯，号竹垞，晚号小长芦钓鱼师、金风亭长，秀水（今浙江嘉兴）人。早年曾参加抗清斗争，失败后游走四方。清康熙十八年（1679）举博学鸿词科，授翰林院检讨。二十二年（1683）入直南书房，参与纂修《明史》。善考据，工诗词，著有《曝书亭集》等。

〔二〕孙退谷：即孙承泽（1593—1676），字耳伯，号北海，又号退谷，北京大兴人。明崇祯四年（1631）进士，官至刑科都给事中。入清后官至都察院右都御史、太子太保。著有《春明梦余录》等。

朱十一人而已。”（见陈廷敬〔一〕所作墓志）

《石头记》第十六回，“黛玉带了许多书籍来”。四十回刘老老到潇湘馆，因见窗下案上设着笔砚，又见书架上磊着满满书，“刘老老道：‘这必定是那一位哥儿的书房了。’贾母笑指黛玉道：‘这是我这外孙女儿的屋子。’刘老老留神打量了林黛玉一番，方笑道：‘这那里像个小姐的绣房，竟比那上等的书房还好’”，以此。

竹垞尝与陈其年〔二〕合刻所著曰《朱陈村词》，流传入禁中，故黛玉与史湘云凹晶馆联句。竹垞入直南书房，旋被劾，镌一级罢，寻复原官，其被劾之故，全谢山谓因携仆钞《永乐大典》〔三〕。

竹垞所作《咏古二首》云：“汉皇将将屈群雄，心许

〔一〕陈廷敬（1639—1712），字子瑞，号说岩，晚号午亭山人，泽州（今山西晋城）人。清顺治十五年（1658）进士，官至文渊阁大学士兼吏部尚书，著有《午亭文编》《尊文阁集》《河上集》等。

〔二〕陈其年：即陈维崧（1625—1682），字其年，号迦陵，江苏宜兴人。清康熙十八年（1679）应试博学鸿词科，授翰林院检讨，参与纂修《明史》。诗文俱佳，词宗苏、辛，著有《湖海楼全集》《陈迦陵文集》等。

〔三〕全谢山：即全祖望（1705—1755），字绍衣，号谢山、鲒琦亭长、双韭氏，鄞县（今浙江宁波）人。清乾隆元年（1736）进士。初授庶吉士，后为权贵排斥，仅以知县用，遂辞官归里，专心著述，续修《宋元学案》，校《水经注》。著有《鲒琦亭集》等。

淮阴国士风。不分后来输绛灌，名高一十八元功。”“海内词章有定称，南来庚信北徐陵。谁知著作修文殿，物论翻归祖孝征。”诗意似为人所卖。《石头记》中凤姐掉包事疑即指此。七十回宝钗、探春、湘云、宝琴均替宝玉临字，而于黛玉一方面，但云紫鹃送一卷小楷，疑影携仆写书事。

薛宝钗，高江村也（徐柳泉已言之）。薛者，雪也。林和靖〔一〕《咏梅》有曰：“雪满山中高士卧，月明林下美人来。”〔二〕用薛字以影江村之姓名也（高士奇）。

《啸亭杂录》〔三〕曰：“高江村家贫，鬻字为活。纳兰太傅〔四〕爱其才，荐入内廷。仁庙亦爱之。遇巡狩出猎，皆命

〔一〕林和靖（967—1028）：名逋，字君复，谥号和靖，钱塘（今浙江杭州）人。宋代诗人。一生不仕，喜爱山水，在西湖孤山养鹤种梅，隐居二十余年，人称“梅妻鹤子”。

〔二〕此一联诗句实出自明诗人高启《梅花九首》其一。高启（1336—1374），字季迪，号槎轩、青丘子，长洲（今江苏苏州）人。元末明初诗人。洪武初以荐参修《元史》授翰林院国史编修官。后因作《上梁文》犯忌被腰斩。

〔三〕《啸亭杂录》：昭梿撰，全书十卷，续录五卷，为笔记体著作，书中多道光初年以前政治及社会经济等方面的记载，有史料价值。

〔四〕纳兰太傅：即纳兰明珠（1635—1708），纳兰氏，字端范，满洲正黄旗人，官至大学士、太子太傅。后被革职。

江村从，故江村诗曰：‘身随翡翠丛中列，队入鹅黄带里行。’盖纪实也。江村性趫巧，遇事先意承旨，皆惬圣怀。一日上出猎，马蹶，意殊不怿。江村闻之，故以潴泥污其衣入侍，上怪问之，江村曰：‘适落马坠积潴中，未及浣也。’上大笑曰：‘汝辈南人，懦弱乃尔！适朕马屡蹶，竟未坠。’意乃释然。又尝从登金山，上欲题额，濡毫久之。江村拟‘江天一览’四字于掌中，趋前磨墨，微露其迹，上如所拟书之。其迎合类如此。”

《檐曝杂记》〔一〕曰：“江村初入都，自肩襆被，进彰仪门。后为明相国〔二〕司阍者课子。一日，相国急欲作书数函，仓卒无人，司阍以江村对。即呼入，援笔立就。相国大喜，遂属掌书记。后入翰林，直南书房，皆明公力也。江村才本绝人，既居势要，家日富，则结近侍，探上起居，报一事酬以金豆一颗。每入直，金豆满荷囊，日暮，率倾囊而出，以是宫廷事皆得闻。或觇知上方阅某书，即抽某书翻阅，偶天语垂问，辄能对大意，以是圣祖〔三〕益爱

〔一〕《檐曝杂记》：赵翼撰，全书六卷，续一卷。为笔记体著作，内容多作者历官京城及出仕两广、云贵间的见闻，涉及典章制度、政务军机、乡俗民情等各个方面。

〔二〕明相国：指纳兰明珠。

〔三〕圣祖：即清康熙皇帝爱新觉罗·玄烨（1654—1722）。

赏之。”

郑方坤〔一〕《本朝诗钞小传》曰：“江村年十九，之京师，以诸生就京闱试，不利，落魄羁穷，卖文自给。新岁为人书春帖子，往往自作联句，用写其幽忧牢落之怀。偶为圣祖所见，大加击节，立召见。”

案《石头记》写宝钗处处周到，得人欢心，自薛姨妈、贾母、王夫人、湘云、岫烟以至袭人辈，无不赞叹，并黛玉亦受其笼络，即所谓性趫巧、善迎合之影子也。宝钗以金锁配宝玉，谓之金玉良缘，其嫂曰夏金桂，其婢曰黄金莺，莺儿为宝玉结络，以金线配黑珠儿线，皆以金豆探起居之影子也。

宝钗最博雅，二十二回点鲁智深醉闹五台山，为宝玉诵《寄生草》曲词，宝王赞他无书不知。第三十回，“宝玉道：‘姐姐通今博古，色色都知道。’”七十六回湘云用棔字，“黛玉说：‘亏你想得出。’湘云道：‘幸而昨日看《历朝文选》，见了这个字，我不知何树，因要查一查，宝姐姐说不用查，这就是如今俗叫做朝开夜合花。我

〔一〕郑方坤（1693—？）：字则厚，号荔乡，福建长乐人。清雍正元年（1723）进士，官至登州知府、兖州知府。著有《蔗尾诗文集》《五代诗话》《全闽诗话》《本朝诗钞小传》等。

信不及，到底查了一查，果然不错，看来宝姐姐知道的竟多。’”即其翻书备对之影子也。

第一回称：“穷儒贾雨村，一身一口在家乡无益，因进京求取功名。自前岁来此，又淹蹇住了，暂寄庙中，每日卖文作字为生。”即江村襆被进都鬻字为活之影子也。“贾雨村高吟一联曰：‘玉在椟中求善价，钗于奁内待时飞。’恰值士隐走来听见，笑道：‘雨村兄真抱负不凡也，’”即联句被赏之影子也。

四十七回薛蟠遭湘莲苦打，“遍身内外滚的似泥母猪一般”，又说“那里爬的上马去”，即江村自称落马堕积潴中之影子也。

江村所作《塞北小钞》〔一〕曰：“二十二年六月十二日，扈跸出东直门云云。偶患暑气，上命以冰水饮益元散二碗方解。甲申，上曰：‘尔南人，为何亦饮冰水？’士奇曰：‘天气炎热，非冰莫解。’上曰：‘朕闻南人殊不畏暑。’士奇曰：‘南人从来畏暑，故有吴牛见月而喘之语。’上大笑。”

案《石头记》第七回：“宝钗对周瑞家的说：‘我这是从胎里带来的一般热毒。’”又说癞头和尚所说的方叫做冷

〔一〕《塞北小钞》：高士奇撰，一卷，主要记录康熙二十二年（1683）其扈从康熙皇帝出古北口北巡的经历。

香丸。第三十回："宝玉道：'姐姐怎么不看戏去？'宝钗道：'我怕热，看了两出，热得很。要走，客又不散，我不得不推身上不好，就来了。'宝玉笑道：'怪不得他们拿姐姐比杨贵妃，原也体胖怯热。'"与《塞北小钞》语相应（《庄子》："早受命而夕饮冰，我其内热与？"所谓胎里带来热毒，亦兼热中之讽）。

《汉名臣传》〔一〕云："康熙廿七年，法司逮问贪黜劾罢之巡抚张汧〔二〕。因汧未被劾时，曾遣人赍报赴京，诘其行贿何人，初以分馈甚众，不能悉数抵塞，既而指出士奇。奉谕置勿问。士奇疏请归田，得旨以原官解任。廿八年，从上南巡。至杭州，驾幸士奇之西溪山庄，赐御书竹窗扁额。九月，左都御史郭琇〔三〕疏劾之曰：'有植党营私，招摇撞骗，如原任少詹事高士奇、左都御史王鸿绪等〔四〕，表

〔一〕《汉名臣传》：编者不详，全书三十二卷，收录清代前期汉族名臣279人传记，附传收28人。

〔二〕张汧：字蕙嵘，号壶阳，山西高平人。清顺治三年（1646）进士。官至湖广巡抚。后因贪腐被革职问罪。著有《壶阳集》。

〔三〕郭琇（1638—1715）：字瑞甫，号华野，山东青岛即墨人。清康熙九年（1670）进士，官至左都御史、湖广总督。曾弹劾权臣明珠、余国柱、高士奇等。

〔四〕王鸿绪（1645—1723）：字季友，号俨斋，别号横云山人，华亭（今上海）人。清康熙十二年（1673）进士，官至工部尚书。后被免职回乡。著有《横云山人集》等。

里为奸。’又曰：‘高士奇出身微贱，其始也徒步来京，觅馆为生。皇上因其字学颇工，不拘资格，擢补翰林，令入南书房供奉。’又曰：‘士奇日思结纳，谄附大臣，揽事招权，以图分肥。凡大小臣工，无不知有士奇之名。’又曰：‘久之羽翼既多，遂自立门户，结王鸿绪为死党，科臣何楷为义兄弟，翰林陈元龙〔一〕为叔侄，鸿绪胞兄王顼龄〔二〕为子女姻亲，俱寄以腹心，在外招揽。凡督抚藩臬道府厅县，以及在内之大小卿员，皆王鸿绪、何楷等为之居停哄骗而夤缘照管者，馈至成千累万，即不属党护者，亦有常例，名曰平安钱。盖士奇供奉日久，势焰日张，人皆谓之门路真，而士奇遂亦自忘乎其为撞骗，亦居之不疑，曰我之门路真。’又曰：‘光棍俞子易在京肆横有年，惟恐事发，潜遁直隶、天津、山东、洛口地方，有虎坊桥瓦屋六十余间，价直八千金，馈送士奇，求托照拂。此外顺成门斜街并各处房屋，总令心腹出名置买，何楷代为收租，打磨场

〔一〕 陈元龙（1652—1736）：字广陵，号乾斋、广野居士。浙江海宁人。清康熙二十四年（1685）进士，官至工部尚书、礼部尚书。因与徐乾学、高士奇等结党营私，被弹劾。著有《爱日堂集》。

〔二〕 王顼龄（1642—1725）：字颛士，号瑁湖、松乔老人，华亭（今上海）人。清康熙十五年（1676）进士，官至武英殿大学士兼工部尚书。曾被郭琇弹劾。著有《世恩堂集》等。

士奇之亲家陈元龙伙计陈季芳开张缎号，寄顿贿银，资本约至四十余万。又于本乡平湖县置田产千顷，大兴土木，修整花园，杭州西湖，广置园宅。苏松淮扬，王鸿绪与之合伙生理，又不下百余万。’又曰：‘圣驾南巡时，上谕严诫馈送，定以军法治罪，谁敢不遵。惟士奇与王鸿绪愍不畏死，即淮扬等处，王鸿绪招揽府厅各官，约馈黄金潜遗士奇，淮扬如此，则他处又不知如何索诈矣。’云云。得旨：‘高士奇、王鸿绪、陈元龙俱着休致回籍。王顼龄、何楷着留任。’”

《东华录》：“康熙二十八年，吏部议：左副都御史许三礼〔一〕奏参，原任刑部尚书徐乾学〔二〕与高士奇招摇纳贿。查徐乾学与高士奇招摇纳贿之处，并无实据。许三礼又奏参乾学，有云：‘乾学伊弟拜相之后，与亲家高士奇更加招摇，以致有“五方宝物归东海，万国金珠贡澹人”之对。云云。’”

〔一〕许三礼（1625—1691）：字典三，号酉山，河南安阳人。清顺治十八年（1661）进士，官至兵部右侍郎。任左副都御史时曾奏参刑部尚书徐乾学结党营私，争权夺利。著有《政学合一集》等。

〔二〕徐乾学（1631—1694）：字原一，号健庵，江苏昆山人。清康熙九年（1670）殿试一甲第三名。官至左都御史、刑部尚书。曾主持编修《明史》《大清一统志》等。后被弹劾，罢官回乡。著有《憺园文集》等。

案《石头记》第四回，门子递与雨村一张护官符，上面皆是本地大族名宦之家的谚俗口碑，云：“贾不假，白玉为堂金作马；阿房宫，三百里，住不下金陵一个史；东海缺少白玉床，龙王来请金陵王；丰年好大雪，珍珠如土金如铁。”即许三礼疏中五方万国之对之影子也。

门子又道：“这四家皆连络有亲，一损俱损，一荣俱荣，扶持遮饰，皆有照应的。今告打死人之薛，就是丰年大雪之雪也。不单靠三家，他的世交亲友在都在外省，本亦不少。”此即郭琇疏中死党、义兄弟、叔侄、子女姻亲及许疏中亲家等种种关系之影子也。

第四回称：“薛公子亦金陵人氏，家中有百万之富，现领着内帑钱粮采办杂料。虽是皇商，一应经纪世事，全然不知，不过赖祖父旧日情分，户部挂个虚名，支领钱粮。其余事体，自有伙计老人家等措办。”

又云：“自薛蟠父亲死后，各省中所有的买卖承局总管伙计人等，便趁时拐骗起来。京都几处生意，渐亦销耗。”

又云：“薛蟠要亲自入都，销算旧账，再计新支，因此早已检点下行装细软，以及馈送亲友各色土物人情等类。”

第十三回秦可卿死后，薛蟠表弟因见贾珍寻好板，便说：“我们本店里有一付板，叫作什么樯木。”

第四十八回：“各铺面伙计内有算年账要回家的，内有一个张德辉，自幼在薛蟠当铺内揽总，说起‘今年纸扎香扇短少，明年必是贵的。明年先打发大小儿上来，当铺照管照管，赶端阳前我顺路就贩些纸扎香扇来卖。’薛蟠心下忖度，不如也打点本钱，和张德辉逛一年来。”

第六十六回，“薛蟠说：‘我同伙计贩了货物，自春天起身往回里走，一路平安。谁知到了平安州地方，遇见一伙强盗，已将东西劫去。不想柳二弟从那边来，方把贼人赶散，夺回货物，还救了我们的性命。’”

第六十七回，“管总的张太爷差人送了两箱子东西来，薛蟠说：‘特的给妈妈合妹子带来的东西。’一箱都是绸绫缎锦洋货等家常应用之物，一箱却是些笔墨纸砚、各色笺纸、香袋、香珠、扇子、扇坠、花粉胭脂等物。外有虎丘带来的自行人酒令儿，水银灌的打斤斗小小子，沙子灯，一出一出的泥人儿的戏，用青纱罩的匣子装着。又有在虎丘山上泥捏的薛蟠小像。薛姨妈将箱子里的东西取出，一分一分的送给贾母并王夫人。宝钗将那些顽意儿一件一件的过了目，除了自己留用之外，一分一分的配合妥当，使莺儿同着一个老婆子跟着送往各处。宝玉到黛玉处，见堆着许多东西，就知道是宝钗送来的，便取笑说道：‘那里这些东西，不是妹妹要开杂货铺啊。’”

第五十七回，邢岫烟把绵衣服当了，宝钗问当在哪里，“岫烟道：‘叫做甚么恒舒了，是鼓楼西大街。’宝钗笑道：‘闹在一家去了。伙计们倘或知道了，好说人没过来，衣裳先到了。’岫烟听说，便知是他家的本钱”。

第四十五回，黛玉对宝钗道：“你如何比得我。你这里有地土买卖，家里又仍旧有房有地。”均与郭琇疏中所谓房屋田产园宅缎号资本及馈送等事相应。薛蟠在平安州遇盗，与平安钱相应。

探春影徐健庵也。健庵名乾学。乾卦作 ☰，故曰三姑娘。健庵以进士第三人及第，通称探花，故名探春。健庵之弟元文〔一〕入阁，而健庵则否，故谓之庶出。

然许三礼劾健庵，一则曰“胆恃胞弟徐元文钦点入阁”，再则曰“伊弟拜相之后，与亲家高士奇更加招摇，以致有‘去了余秦桧（指余国柱），来了徐严嵩；乾学似庞涓，是他大长兄’之谣。又有‘五方宝物归东海（徐氏），万国金珠贡澹人’之对”。是健庵虽不入阁，而其时

〔一〕 元文：即徐元文（1634—1691），徐乾学之弟。字公肃，号立斋，江苏昆山人。清顺治十四年（1657）进士，官至文华殿大学士。后被弹劾解职。著有《含经堂集》等。

亦有炙手可热之势。

故《石头记》第五十五回，“凤姐儿道：‘好个三姑娘，我说不错，只可惜他命薄，没托生在太太肚里。’平儿笑道：‘他便不是太太养的，难道谁敢小看他，不与别的一样看待么？’”

又“凤姐病中，王夫人命探春合同李纨协理，又请了宝钗来。他三人一理，更觉比凤姐当权时倒更谨慎了些。因而里外下人都暗中抱怨，说刚刚倒了一个巡海夜叉，又添了三个镇山太岁。”此即影射“去了余秦桧，来了徐严嵩”一谣也。

韩慕庐〔一〕所作《徐健庵行状》有云：“吴中文社故盛，公为之领袖。”又云：“壬子主试顺天，以独赏为公鉴，往往怜收既落之才。即遗卷中有一佳言迥句，咨嗟吟讽，以失之为恨。”

又云：“公故负海内望，而勤于造进，笃于人物，一时庶几之流，奔走辐辏如不及。山林遗逸之老，不远千里乐从公。后生之才进者，延誉荐引无虚日。”

〔一〕 韩慕庐：即韩菼（1637—1704），字元少，号慕庐，长洲（今江苏苏州）人。清康熙十二年（1673）状元，官至礼部尚书。著有《有怀堂集》等。

案《石头记》有“秋爽斋偶结海棠社”，指此。又二十七回探春属宝玉道：“这几个月我又攒下有十来串钱了，你还拿了去，明儿出门逛去的时候，或是好字画，好轻巧顽意儿，替我带些来。”又道：“怎么像你上回买的那柳枝儿编的小篮子，真竹子根挖的香盒儿，胶泥垛的风炉儿，这就好了。”即以表其延揽文士之故事也。

《行状》又云：“尝请崇节俭辨等威，因申衣服之禁，使上下有章。”案《石头记》第二十七回：探春属宝玉带轻巧顽意儿，拣那朴而不俗、直而不拙的。“又道：‘我还像上回的鞋做一双你穿，比那双还加工夫，如何呢？’宝玉道：‘那回穿着，可巧遇见老爷，说何苦来虚耗人力，作践绫罗。’……赵姨娘抱怨的了不得，正经兄弟鞋踻撺袜踻撺的。……探春道：‘什么，我是做鞋的人么？环儿难道没有分例的？衣裳是衣裳，鞋袜是鞋袜。’”盖影射此事。

《憺园集》〔一〕有：“赐览皇太子书法，奏称皇太子历年亲写所读书本及临摹楷法，共大小八箧有奇。”案《石头记》七十回：“探春每日临一篇楷字与宝玉。”影此。

健庵叠被弹劾，于康熙二十九年回里，许以书局自随，僦居洞庭东山。《石头记》一百回至一百二回，历叙

〔一〕《憺园集》：徐乾学撰，三十六卷，所收为其平生所写诗文。

探春远嫁。第五回：“画着两人放风筝，一片大海，一只大船，船中有一女子掩面泣涕之状。诗曰：‘清明涕送江边望，千里东风一梦遥。’”皆指此（《行状》曰：“再疏乞骸骨，上允所请。时已仲冬，命且过冬行。二十九年春抵家。”诗中“清明”字指此）。

王熙凤影余国柱也。王即柱字偏旁之省，國字俗写作国，故熙凤之夫曰琏，言二王字相连也（楷书王玉同式）。国柱曾为户部尚书，故贾琏行二，且贾氏财政由熙凤管理。国柱曾为江宁巡抚，故熙凤协理宁国府。

《汉名臣传》云：“康熙二十八年三月，给事中何金蔺〔一〕疏言：‘凡解职解任官仍居原任地方，例有明禁，余国柱曾为江宁巡抚，洊陟大学士，不思竭忠图报，黩货无厌，秽迹彰闻，荷恩放归里。乃被黜后，挟辎重往江宁省城，购买第宅，广营生计，呼朋引类，垄断攫金，借势招摇，显违禁例，乞饬部严议。’事下两江总督傅拉搭〔二〕察讯，以留恋原任地方，购买第宅，并设立钱店典铺覆奏。

〔一〕何金蔺：字相如。江苏丹徒人。清康熙九年（1670）进士。官至户科掌印给事中。曾弹劾余国柱。著有《桐溪集》等。

〔二〕傅拉搭：当为傅拉塔，伊尔根觉罗氏，镶黄旗人。清康熙二十七年至三十三年间（1688—1694）任两江总督，为官清廉，卒于任上。

刑部拟杖折赎，诏免罪趣回籍，寻卒于家。”

《石头记》第五回，有金陵十二钗正副册，正册中有一片冰山，上有一只雌凤，其判语有云：“哭向金陵事更哀。”

五十四回：女先儿说书，说：“残唐之时，有一位乡绅，本是金陵人氏，名唤王忠（忘忠），曾做两朝宰辅，如今告老回家，膝下只有一位公子，名唤王熙凤。”

第一百一回：散花寺神签，正面写着王熙凤衣锦荣归。大了道：“奶奶最是通今博古的，难道汉朝的王熙凤求官的一段事也不晓得？”签文云：“去国离乡二十年，于今衣锦返家园。蜂采百花成蜜后，为谁辛苦为谁甜？”大了道：“奶奶自幼在这里长大，何曾回南京去了？如今老爷放了外任，或者接家眷来，顺便还家，奶奶可不是衣锦还乡了？”宝钗道：“据我看，这衣锦还乡四字里头，还有缘故。”

第百十四回《王熙凤历劫返金陵》：“王夫人打发人来说，琏二奶奶没有住嘴，说些胡话，要船要轿的，说到金陵归入册子去。”皆指被黜后仍居江宁也。

第一百五回《锦衣军查抄宁国府》：“赵堂官说：‘贾赦、贾政并未分家，闻得他侄儿贾琏现在承总管家，不能不尽行查抄。’”

又云：“有一起人回说，东跨房查出两箱房地契文，

一箱借票，都是违例取利的。王爷道：‘番役呈禀有禁用之物并重利欠票。’两家王子问贾政道：‘所抄家资内有借券，实系盘剥，究是谁行的？’贾琏忙走上跪下禀道：‘这一箱文书既在奴才屋内抄出来，敢说不知道么？’”

第一百六回：“贾政问贾琏道：‘那重利盘剥，究竟是谁干的？况且非咱们这样人家所为。’”

又：“凤姐对平儿说：‘虽说事是外头闹得，我若不贪财，如今也没有我的事。’”皆与何疏相应也。

国柱曾于康熙二十七年为御史郭琇所劾，称其在内阁票拟承顺大学士明珠指麾，轻重任意，与尚书佛伦〔一〕等结党把持，督抚藩臬缺出，展转援引，总揽贿赂，保送学道及科道内升出差，率皆居功要索云云。

《石头记》中叙凤姐逢迎贾母、王夫人，无微不至，而营私弋利等事，亦层见叠出。例如二十七回〔二〕：“且说王凤姐自见金钏儿死后，忽见几家仆人常来孝敬他些东西，又不时来请安奉承，自己倒生了疑惑，不知何意。这日又见人来孝敬他东西，因晚间无人时笑问平儿。平儿冷

〔一〕佛伦（？—1701）：舒穆禄氏，满洲正白旗人。官至内阁大学士。后被降职，致仕。

〔二〕应是第三十六回。

笑道：‘我猜他们女儿都必是太太房里的丫头，如今太太房里有四个大的，一个月一两银子的分例，下剩的都是一个月只几百钱。如今金钏儿死了，必定他们要弄这一两银子的巧宗儿呢。’凤姐听了笑道：‘……也罢了，他们几家的钱也不能容易化到我跟前，这是他们自寻的。送什么来，我就收什么，横竖我有主意。’凤姐儿安下这个心，所以只管耽延着，等那些人把东西送足了，然后乘空方回王夫人。”云云。

十六回：贾琏的乳母赵嬷嬷替两个儿子求事情道：“……倒是来和奶奶说是正经。靠着我们爹，只怕我还饿死了呢。”

又：凤姐忙向贾蔷道：“我有两个在行妥当人，你就带他们去办，这倒便宜了你呢。”贾蔷忙陪笑道：“正要和婶娘讨两个人呢，这可巧了。”贾蓉悄悄的向凤姐道：“婶娘要什么东西，分付了开个账儿给我兄弟带去，按账置办了来。”

二十四回：贾芸见了贾琏，因打听可有什么事情。贾琏告诉他道：“前儿倒有一件事情出来，偏生你婶娘再三求了我，给了贾芹了。他许我说，明儿园里还有几处要栽花木的地方，等这个工程出来，一定该你就是了。”

又：贾芸送香料后，“凤姐道：‘……怪道你叔叔常提起你来。’……贾芸问道：‘原来叔叔也常提我的？’凤姐

见问，便要告诉给他事情管的话，一想，又恐被他看轻了，只说得了这点香料儿便混许他管事了，因又止住，且把派他种花木工程等事都一字不提。至次日，凤姐上车，见贾芸来，便命人唤往，隔窗子笑道：‘芸儿，你竟有胆子在我跟前弄鬼，怪道你送东西给我，原来你有事求我。昨日你叔叔才告诉我说你求他。’贾芸笑道：‘求叔叔的事婶娘休提，我这里正后悔呢。早知这样，我一起头就求婶娘，这会子也就完了。谁承望叔叔竟不能的。’……凤姐冷笑道：‘你们要拣远路儿走，叫我也难，早告诉我一声，什么不成了。多大点事儿，耽误到这会子。那园子里还要种树种花，我只想不出个人来，早说不早完了。’贾芸笑道：‘这样明日婶娘就派我罢。’凤姐半晌道：‘这个我看着不大好，等明年正月里的烟火灯烛那个大宗儿下来再派你罢。’贾芸道：‘好婶娘，先把这个派了我罢。果然这件办的好，再派我那件。’凤姐笑道：‘你倒会拉长线儿，罢了，若不是你叔叔说，我不管你的事。……你到午初时候来领银子，后来就进去种花。’”

又十五回：凤姐到水月庵中，老尼说张金儿退婚事道：“‘……我想如今长安节度使云老爷与府上相契，要求太太与老爷说声，发一封书，求云老爷和那守备说一声，不怕他不依。若是肯行，张家连倾家孝顺也都情愿。’凤

姐笑道：‘这事倒不大，只是太太再不管这样的事。’老尼道：‘太太不管，奶奶可以主张了。’凤姐笑道：‘我也不等银子使，也不做这样的事。’……凤姐道：‘……凭说这么事，我说要行就行。你叫他送二三千两银子来，我就替他出这口气，……我比不得他们扯篷拉纤的图银子，这三千两银子不过是给打发去说的小厮们作盘缠，使他赚几个辛苦钱，我一个钱也不要。便是三万两，我此刻还拿得出来。’……凤姐便将昨日老尼之事悄悄的说与来旺儿，旺儿心中早已明白，急忙进城，招着主文的相公，假托贾琏所属，修书一封，连夜往长安县来。不过百里之遥，两日工夫，俱已妥协。那节度使名唤云光，久欠贾府之情，这些小事岂有不允之理？给了回书。”皆与郭琇所劾相应也。

国柱在江宁巡抚任，曾疏请增设机房四十二间，制造宽大缎匹。得旨：“宽大缎匹非常用之物，何为劳民糜费。”斥所奏不行。

案《石头记》第三回，黛玉初到时，“熙凤道：‘刚才带了人到后楼上找缎子，找了半日，也没见昨日太太说的那样，想是太太记错了？’王夫人道：‘有没有，什么要紧！’因又说道：‘该随手拿出两个来给你妹妹裁衣裳的，等晚上想着，再叫人去拿罢。’熙凤道：‘倒是我先料着了，知道妹妹这两日到的，我已预备下了，等太太回去过了

目，好送来。’”

七十二回：“凤姐道：‘昨儿晚上梦见一个人找我，说娘娘打发他来，要一百匹锦。’”均影此。

国柱于康熙十八年礼科掌印给事中任内，劾浙江水师提督常进功年老耳聋〔一〕，非大声高呼不闻一语，恐秘密军机因之泄露，所关匪细。疏下部察议，罢进功任。

案《石头记》第五十四回：“凤姐儿笑道：‘再说一个过正月节的。几个人拿着房子大的炮仗往城外去放，引了上万的人跟着瞧去。有一个性急的人等不得，便偷着拿香点着。只听见扑嗤的一声，众人哄然一笑，都散了。这抬炮仗的人抱怨卖炮仗的干的不结实，没等放就散了。’湘云道：‘难道本人没听见？’凤姐儿道：‘本人原是个聋子。’……凤姐儿笑道：‘咱们也该聋子放炮仗，散了罢。’”

又第二十七回：“凤姐又笑道：‘林之孝两口子，都是锥子扎不出一声儿来的。我成日家说他们倒是配就了的一对夫妻：一个天聋，一个地哑。’”皆影此。

国柱于顺治九年成进士，然其文辞不多见。其同时

〔一〕 常进功（？—1686），辽东宁远卫（今辽宁兴城）人。明时为副将。入清后官至浙江水师提督，后因年老致仕。

诸人著作中，惟陈其年骈文有大冶余国柱一序。案《石头记》中，王熙凤不甚识字。如四十五回：“探春等要请凤姐做监社御史，凤姐笑道：‘我又不会做什么湿的干的。’……探春道：‘你虽不会做，也不要你做。’”

五十回：“凤姐儿道：‘既这样说，我也说一句在上头。’……李纨将题目讲与他听，凤姐儿想了半日，笑道：‘你们别笑话我，我只有一句粗活。’”

七十回：“凤姐因理家常久，每每看帖看账，也颇识得几个字了。”

四十二回：“宝钗笑道：‘幸而凤丫头不认得字，不大通，一概是市俗取笑。’”大约因国柱非文学家，故以不识字形容之。

史湘云，陈其年也。其年又号迦陵，史湘云佩金麒麟，当是其字“陵”字之借音。氏以史者，其年尝以翰林院检讨纂修《明史》也。名以湘云，又号枕霞旧友，当皆以其狎紫云故。蒋永修〔一〕所作《陈检讨迦陵先生传》曰：“尝嬖歌童云郎。云亡，睹物辄悲，若不自胜者。”又蒋景

〔一〕 蒋永修（1616—1684），字慎斋，号纪友，江苏宜兴人。清顺治四年（1647）进士。官至湖广提学副使。著有《慎斋遇集》等。

祁〔一〕所作《迦陵先生外传》曰："先生寓水绘园，欲得紫云侍砚，冒母马太夫人靳之，必得梅花百咏乃可。雪窗一夕走笔，遂成之。"可以见其年与紫云之关系矣。

徐健庵所作《陈检讨维崧墓志铭》："京师自公卿下，无不藉藉其年名倾慕愿交者。[……]然其年所居在城北市廛，庳陋才容膝。蒲帘土锉，摊书其中而观之。歠菽啖饭，沉思经籍。有余，无问所从来，时时匮乏，困卧而已。……君修髯，美丰仪，风流俶傥。……君门阀清素，为人恂恂谦抑，襟怀坦率，不知人世有险巇事。"

又徐健庵作《湖海楼集序》曰："其年检讨，阳羡贵公子，与余相识在戌亥之间，尝下榻憺园，流连欢剧。每际稠人广坐，伸纸援笔，意气扬扬，旁若无人。"

案《石头记》常写史湘云之爽直。如第五回《红楼梦曲》(《乐中悲》)云："幸生来英豪阔大宽宏量，从未将儿女私情略萦心上。"

二十回："只见史湘云大说大笑。"

三十一回："迎春笑道：'我就嫌他爱说话，也没见睡在那里，还是咭咭呱呱的笑一阵说一阵，也不知那里来的

〔一〕蒋景祁（1646—1695）：蒋永修之子。字京少，江苏宜兴人。以岁贡生入仕，官至府同知。编选《瑶华集》，著有《东舍集》等。

那些诓话。’”

三十二回：“袭人道：‘云姑娘，你如今大了，越发心直口快了。’”

四十九回：“史湘云极爱说话的，那里禁得香菱又请教他谈诗，越发高兴了，没昼没夜的高谈阔论起来。”

六十二回：“史湘云笑着道：“这个（拇战）简断爽利，合了我的脾气。我不行这个射覆，没得垂头丧气闷人，我只猜拳去了。’”

百八回：“宝玉心里想道：‘我只说史妹妹出了阁，是换了一个人了。……如今听他的话，原是和先一样的。’”皆与其年相应。

《墓志铭》曰：“京师自公卿下，[……]凡人事往来，贺赠宴饯颂述之作，必得其文以为荣。[……]其年辄提笔缀辞，益与酬酢不休。”又曰：“君所作歌，随处散落人间。”

《传》曰：“辛卯壬辰间，吴门云间常润大兴文会，四郡名士毕集，觞酌未引，髯索笔赋诗，数十韵立就。或时作记序，用六朝俳体，顷刻千言，巨丽无比，诸名士惊叹以为神。”

案《石头记》极写湘云诗思之敏捷。如第三十六

回〔一〕：湘云初到，李纨罚他和诗，“湘云一心兴头，不待推敲删改，一面只管和他人说着话，心内早已和成。”五十回“芦雪亭联句”：“湘云那里肯让人，且别人也不如他敏捷。”皆是。

《墓志铭》曰：“遇花间席上，尤喜填词。兴酣以往，常自吹箫而和之，人或指以为狂。其词至多，累至千余阕，古所未有也。”《传》曰：“所作词尤凌厉光怪，变化若神，富至千八百首。”《石头记》七十回《史湘云偶填柳絮词》：湘云说过，“咱们这几社，总没有填词，明日何不起社填词”。与其年好为词相应。

《别传》曰：“先生尝自中州入都，同秀水朱竹垞合刻一稿，名《朱陈村词》。”《石头记》六十七回凹晶馆湘云黛玉联句殆影此。

《传》曰：“髯贫无子。先是游商邱，买妾。妾父母闻其世家，游装都雅，意其富，许之。举一子，名狮儿。岁三周，载与俱归。妾父母暨妾始知髯贫，且老诸生耳。未几，狮儿竟夭，髯寻遣妾去。去二年，髯拔起荐辟，官检讨云。然髯自得官后，贫益甚。储孺人卒于家，生死不相见，益悼痛不自聊赖。壬戌患头痛，遂不起。”

〔一〕 应是第三十七回。

《墓志铭》曰："授翰林院检讨后四年，年五十八而病作，积四十余日卒。"

《石头记》(《乐中悲》曲)："襁褓中，父母叹双亡。纵居绮罗丛，谁知娇养。"三十二回："宝钗道：'为什么这几次他（湘云）来了，他和我说话儿，见没人在眼前，他就说家里累得很。我再问他几句家常的活，他就连眼圈儿都红了，口里含含糊糊待说不说的。想其情景，自然从小没了爹娘的苦，我看他也不觉伤起心来。'"

三十七回："史湘云穿得齐齐整整走来，辞说家里打发人来接他。……那史湘云只是眼泪汪汪的，见有他家人在跟前，又不敢十分委屈。……还是宝钗心内明白，他家人若回去告诉了他婶娘，待他家去，又恐怕受气。"所以写其未仕以前之厄运也。《红楼梦曲》又云："……好一似霁月光风耀玉堂，厮得个才貌仙郎，博得个地久天长，准折幼年时坎坷形状。终久是云散高唐，水涸湘江。"

百九回："史姑娘哭得了不得，说是姑爷得了暴病，大夫都瞧了，说这病只怕不能好，若变了痨病，还可挨过四五年。"

百十回："史湘云想到自己命苦，刚配了一个才貌双全的男人，性情又好，偏偏得了冤孽证候，不过挨日子罢了。"

百十八回："王夫人道：'就是史姑娘，是他叔叔的主

意。头里原好，如今姑爷痨病死了，你史妹妹立志守寡，也就苦了。’”皆所以写其既仕以后之厄运也。其年出于明之世家而入清，故以父母早亡喻之。

《别传》曰：“相传先生为善卷山中诵经猿再世，故其性情萧淡，不耐拘检。疾革时，吟‘山鸟山花是故人’句而逝。”

《石头记》四十九回：“一时史湘云来了，穿着贾母与他的一件貂鼠脑袋面子大毛黑灰鼠里子里外发烧大褂子，头上戴着一顶挖云鹅黄片金里大红猩猩毡昭君套，又围着大貂鼠风领。黛玉先笑道：‘你们瞧瞧，孙行者来了。’……只见他里头穿着一件半新的靠色三镶领袖，秋香色盘金五色绣龙窄褙小袖掩襟银鼠短袄，里面短短的一件水红妆段狐嵌褶子，腰里紧紧束着一条蝴蝶结子长穗五色宫绦，脚下也穿着鹿皮小靴，越显得蜂腰猿背，鹤势螂形。”

五十回《暖香坞巧制春灯谜》：“湘云想了一想笑道：‘我编了一支《点绛唇》。’……便念道：‘溪壑分离，红尘游戏真何趣。名利犹虚，后事总难提。’众人都不解，想了半日，有猜是和尚的，也有猜是道士的，也有猜是偶戏人的。宝玉笑了半日道：‘都不是，我猜着了，必定是耍的猴儿。’湘云笑道：‘正是这个了。’众人道：‘前头都好，末后一句怎么样解？’湘云道：‘那一个耍的猴儿不是剁了

尾巴去的？’”皆影射山猿再世之传说也。众人猜为和尚道士，而猜着者又为将做和尚之宝玉，皆影诵经猿。所谓后事总难提，所谓剁了尾巴，则影其殁后无子云。

《墓志铭》曰：“口蹇讷，不善持论。”《石头记》二十回：“黛玉笑道：‘偏你咬舌子爱说话，连个二哥哥也叫不上来，只是爱哥哥爱哥哥的。回来赶围棋儿，又该你闹幺爱三了。’宝玉笑道：‘你学会了，明儿连你还咬起来呢。’……湘云笑道：‘我只保佑着明儿得一个咬舌儿林姊夫，时时刻刻，你可听爱呀厄的去。’”即影此。

妙玉，姜西溟也（从徐柳泉说）。姜为少女，以妙代之。《诗》云：“美如玉，美如英。”玉字所以影英字也（第一回名石头为赤霞宫神瑛侍者，神瑛殆即宸英之借音）。

全谢山所作《翰林院编修姜先生宸英墓表》曰：“常熟翁尚书〔一〕者，先生之故人也。是时枋臣方排睢州汤文正公〔二〕，而尚书为祭酒，受枋臣旨，劾睢州为伪学，枋臣因

〔一〕翁尚书：即翁叔元（1633—1701），初名梌，字宝林，号铁庵，江苏常熟人，清康熙十五年（1676）进士，官至工部尚书、刑部尚书。著有《铁庵文稿》《梵园诗集》等。

〔二〕汤文正公：即汤斌（1627—1687）。字孔伯，又字荆岘，号潜庵，睢州（今河南睢县）人。清顺治九年（1652）进士，官至工部尚书，卒谥文正。著有《汤子遗书》等。

擢之副詹事，以逼睢州，以睢州故兼詹事也。先生以文头责之，一日而其文遍传京师，尚书恨甚。枋臣有子多才，求学于先生，枋臣颇欲援先生登朝。枋臣有幸仆曰安三，势倾京师，欲先生一假借而不可得。枋臣之子乘间言于先生曰：‘家君待先生厚，然而率不得大有佽助，某以父子之间亦不能为力者，何也？盖有人焉。愿先生少施颜色，则事可立谐。’……先生投杯而起曰：‘吾以汝为佳儿也，不料其无耻至此！’绝不与通。”

又方望溪〔一〕记姜西溟遗言曰：“徐司寇健庵，吾故交也，能进退天下士。平生故人，并退就弟子之列，独吾与为兄弟称。其子某作楼成，饮吾以落之曰：‘家君云，名此必海内第一流，故以属先生。’吾笑曰：‘是东乡，可名东楼。’”

《墓表》又云：“尝于谢表中用义山点窜《尧典》《舜典》二语。受卷官见而问曰：‘是语甚粗，其有出乎？’先生曰：‘义山诗未读那？’”

案《石头记》中，极写妙玉之狷傲。第十七回：“王夫人道：‘这样我们何不接了他（妙玉）来？’林之孝家的

〔一〕方望溪：即方苞（1668—1749），字灵皋，一字凤九，晚号望溪，安徽桐城人。清康熙四十五年（1706）会试中式，因母病未参加殿试。后入值南书房，升任内阁学士、礼部侍郎。著有《望溪先生文集》等。

回道：‘若接他，他说侯门公府，必以贵势压人，我再不去的。’王夫人道：‘他既是宦家小姐，自然要傲些，就下个请帖何妨。’”

四十一回：“妙玉忙命将成窑的茶杯别收，搁在外头去罢。宝玉会意，知为刘老老吃了，他嫌肮脏，不要了。黛玉因问：‘这也是旧年的雨水？’妙玉冷笑道：‘你这么个人竟是大俗人，连水也尝不出来。’……黛玉知他天性怪僻，不好多话，亦不好多坐。……宝玉道：‘那茶杯……不如就给了那贫婆子罢。’……妙玉点头说道：‘这也罢了。幸而那杯子是我没吃过的，若是我吃过的，我就碰碎了也不能给他。……你只交给他快拿了去罢。’宝玉道：‘自然如此，你那里和他说话去，越发连你都肮脏了。’……宝玉又道：‘等我们出去了，我叫几个小幺儿来，河里打几桶水来洗地如何？’妙玉笑道：‘这更好了。只是嘱咐他们抬了水只搁在山门外头墙根下，别进门来。’”

六十三回：“岫烟笑道：‘我找妙玉说话。’宝玉听了诧异，说道：‘他为人孤癖，不合时宜，万人不入他的目，原来他推重姐姐，竟知姐姐不是我们一流俗人。’……宝玉将拜帖取与岫烟看（拜帖写‘槛外人妙玉恭肃遥叩芳辰’），岫烟笑道：‘他这脾气竟不能改，竟是生成这等放诞诡僻了。从来没见拜帖上写别号的。……他常说，古人

中自汉晋唐宋以来，皆无好诗，只有两句好，说道：纵有千年铁门槛，终须一个土馒头。所以他自称槛外之人。又常赞文是庄子的好，故又或称为畸人。他若帖子上是自称畸人的，你就还他个世人。畸人者，他自称是畸零之人，你谦自己乃世上扰扰之人，他便喜了。如今他自称槛外之人，是自谓蹈于铁槛之外了，故你如今只下槛内人，便合了他的心了。’”

八十七回，宝玉悉把黛玉的事（抚琴）述了一遍，因说：“‘咱们去看他。’妙玉道：‘从古只有听琴，再没有看琴的。’宝玉笑道：‘我原说我是个俗人。’”九十五回：“岫烟求妙玉扶乩，妙玉冷笑几声说道：‘我与姑娘来往，为的是姑娘不是势利场中的人，今日怎么听了那里的谣言，过来缠我。’……岫烟知他脾气是这么着的。”

一百九回，“妙玉来看贾母病，岫烟出去接他，说道：‘……况且咱们这里的腰门常关着，所以这些日子不得见你。’妙玉道：……‘我那管你们关不关，我要来就来，我不来，你们要我来也不能啊。’岫烟笑道：‘你还是那种脾气。’”

又第五回《红楼梦曲》（《世难容》）云：“天生成孤僻人皆罕，你道是啖肉食腥膻（西溟不食豕，见下条），视绮罗俗厌。”皆是。

西溟性虽狷傲，而热中于科第。方望溪曰：“西溟不介而过余，以其文属讨论，曰：‘吾自度尚有不止于是者，以溺于科举之学，东西奔迫，不能尽其才，今悔而无及也。’”

朱竹垞《书姜编修手书帖子后》云：“予尝劝罢乡试，西溟怒不答。平生不食豕，兼恶人食豕。一日，予戏语之曰：‘假有人注乡贡进士榜，蒸豕一柈，曰食之则以淡墨书子名，子其食之乎？’西溟笑曰：‘非马肝也。’”

《石头记》八十七回：“宝玉一面与妙玉施礼，一面又笑问道：‘妙公轻易不出禅关，今日何缘下凡一走？’妙玉听了，忽然把脸一红，也不答言，低了头自看那棋。……宝玉尚未说完，只见妙玉微微的把眼一抬，看了宝玉一眼，复又低下头去，那脸上的颜色渐渐的红晕起来。……重新坐下，痴痴的问着宝玉道：‘你从何处来？’……妙玉坐到三更过后，听得屋上咯碌碌一片瓦响。……忽听房上两个猫儿一递一声厮叫，那妙玉忽想起日间宝玉之言，不觉一阵心跳耳热。自己连忙收摄心神，走进禅房，仍归禅床上坐了。怎奈神不守舍，一时如万马奔驰，觉得禅床便恍荡起来。……大夫道：‘这是走魔入火的原故。’……外面那些游头浪子听见了，便造作许多谣言，说这样年纪，那里忍得住，况且又是很风流的人品，很乖觉的性灵，以

后不知飞在谁手里，便宜谁去呢。……惜春因想妙玉虽然洁净，毕竟尘缘未断。”皆写其热中之状态也。

西溟未遇时，欲提挈之者甚多，忌之者亦不鲜。《墓表》曰：“凡先生入闱，同考官无不急欲得先生者，顾佹得佹失。”又曰：“当是时，圣祖仁皇帝润色鸿业，留心文学，先生之名，遂达宸听。一日谓侍臣曰：‘闻江南有三布衣，尚未仕耶？’”三布衣者，秀水朱先生竹垞，无锡严先生耦渔〔一〕及先生也。又尝呼先生之字曰：‘姜西溟古文，当今作者。’……会征博学鸿儒，昆山叶公与长洲韩公相约连名上荐。叶公适以宣召入禁中浃月，既出，则已无及矣。新城王公叹曰：‘其命也夫！’……先生累以醉后违科场格致斥。……受卷官怒，高阁其卷，不复发誊（因先生斥其未读义山诗）。遗言曰：‘翁司寇宝林用此（刊布责翁文）相操尤急，此吾所以困至今也。’”

李次青〔二〕《姜西溟先生事略》曰：“始睢州典试浙中，

〔一〕严先生耦渔：即严绳孙（1623—1702），字荪友，号秋水，晚号藕荡渔人。江苏无锡人。年轻时弃举子业，游历山水间，后出仕，官至翰林院编修、承德郎。著有《秋水集》等。

〔二〕李次青：即李元度（1821—1887），字次青，又字笏庭，号天岳山樵、超然老人。湖南平江人。清道光二十三年（1843）举人。官至贵州布政使。著有《国朝先正事略》等。

叹息语同事：‘暗中摸索，勿失姜君。’竟弗得。嗣后，每榜发，无不以失先生为恨者。”

《曝书亭集》〔一〕有《为姜宸英题画诗》，孙注曰：“案己未鸿博试，据其乡后进云，以厄于高江村詹事不获举。”

《墓表》又曰：“康熙丁丑，年七十矣，先生入闱，复违格。受卷官见之叹曰：‘此老今年不第，将绝望而归耳。’为改正之，遂成进士。”

《石头记》第五回《红楼梦曲》(《世难容》）云：“好高人共妒，过洁世同嫌。可叹这青灯古殿人将老，辜负了红粉朱楼春色阑。……又何须王孙公子叹无缘。”

百十二回：“妙玉说道：‘我自玄墓到京，原想传个名的，为这里请来，不能又栖他处。’”

八十七回：“怎奈神不守舍。……身子已不在庵中，便有许多王孙公子要求娶他，又有些媒婆扯扯拽拽扶他上车。”

五十回，李纨说：“可厌妙玉为人，我不理他。”皆写其不遇之境也。

《墓表》曰：“以己卯试事，同官不饬簠簋，牵连下吏，满朝臣僚，皆知先生之无罪，顾以其事泾渭各具，当

〔一〕《曝书亭集》：朱彝尊撰，八十卷，为作者生前编订的一部诗文集。

自白，而不意先生遽病死。新城〔一〕方为刑部，叹曰：‘吾在西曹，使湛园以非罪死狱中，愧何如矣！’”

方望溪曰：“已卯主顺天乡试，以目昏不能视，为同官所欺，挂吏议，遂发愤死刑部狱中。……平生以列文苑传为恐，而末路乃重负污累。然观过知仁，罪由他人，人皆谅焉。而发愤以死，亦可谓狷隘而知耻者矣。”

《石头记》百十二回：“有人大声的说道：‘我说那三姑六婆，是最要不得的。……那个什么庵里的尼姑死要到咱们这里来。……那腰门子一会儿开着，一会儿关着，不知做什么。……我今日才知道是四姑奶奶的屋子，那个姑子就在里头，今日天没亮溜出去了，可不是那姑子引进来的贼么？’……包勇道：‘你们师父引了贼来偷我们，已经偷到手了，他跟了贼去受用去了。’”

百十五回，地藏庵的姑子“问惜春道：‘前儿听见说栊翠庵的妙师父，怎么跟了人去了？’惜春道：‘那里的话！说这个话的人，提防的割舌头。人家遭了强盗抢去，怎么还说这样的坏话。’那姑子道：‘妙师父为人怪癖，只怕是假惺惺罢。’”

〔一〕新城：即王士禛（1634—1711），字贻上，号阮亭，别号渔洋山人，新城（今山东淄博桓台）人。清顺治十五年（1658）进士，官至刑部尚书。著有《渔洋山人精华录》《池北偶谈》等。

五回《红楼梦曲》曰："到头来依旧是风尘肮脏违心愿，好一似无瑕白玉遭泥陷。"皆写其受诬也。

百十二回："妙玉自己坐着，觉得一股香气透入囟门，便手足麻木不能动弹，口里也说不出话来，心中更自着急。……此时妙玉如醉如痴，可怜一个极洁极净的女儿，被这强盗的闷香薰住，由着他摆布去了。"写其以目昏而为同官所欺也。

百十二回又云："不知妙玉被劫，或是甘受污辱，还是不屈而死，未知下落，也难妄拟。……惜春想起昨日包勇的话来，必是那强盗看见了他，昨晚抢去了，也未可知。但是他素来孤洁得很，岂肯惜命？"

百十七回，"恍惚有人说，是有个内地里的人城里犯了事，抢了一个女人下海去了，那女人不依，被这贼寇杀了。众人道：'咱们栊翠庵的妙玉，不是叫人抢去？不要就是他罢？"贾芸道：'前日听见人说他庵里的道婆做梦，说看见是妙玉叫人杀了。'"皆写其瘐死狱中也。

西溟祭纳兰容若〔一〕文有曰："兄一见我，怪我落落。

〔一〕 纳兰容若：即纳兰性德（1655—1685），叶赫那拉氏，字容若，号楞伽山人。属满洲正黄旗。清康熙十五年（1676）进士，官至一等侍卫。著有《通志堂集》《饮水词》等。

转亦以此，赏我标格。……我蹶而穷，百忧萃止。是时归兄，馆我萧寺。人之狺狺，笑侮多方。兄不谓然，待我弥庄。……梵筵栖止，其室不远。纵谭晨夕，枕席书卷。余来京师，刺字漫灭。举头触讳，动足遭跌。兄辄怡然，忘其颠蹶。数兄知我，其端非一。我常箕踞，对客欠伸。兄不余傲，知我任真。我时嫚骂，无问高爵。兄不余狂，知余疾恶。激昂论事，眼睁舌挢。兄为抵掌，助之叫号。有时对酒，雪涕悲歌。谓余失志，孤愤则那。彼何人斯，实应且憎。余色拒之，兄门固扃。"《石头记》中写妙玉品性均与之相应，而萧寺及梵筵云云，尤为栊翠庵之来历也。

惜春，严荪友也。荪友为荐举鸿博四布衣之一，故曰四姑娘。荪友又号藕渔，亦曰藕荡渔人，故惜春住藕榭，诗社中即以藕榭为号。

《池北偶谈》〔一〕："公卿荐举鸿博，绳孙目疾，是日应制，仅为八韵诗。"朱竹垞《严君墓志》："晚岁有以诗文画请者，概不应。"《石头记》三十七回："惜春本性懒于诗词。"殆指此。

〔一〕《池北偶谈》：王士禛撰，全书分四类二十六卷，为笔记体著作，所记多清代典章制度、文人趣事、风俗民情等，具有史料价值。

《墓志》曰："君兼善绘事。"李次青《严荪友事略》又称其尤精画凤。《石头记》惜春之婢名入画。

第四十回："贾母指着惜春笑道：'你瞧我这个小孙女儿，他就会画。等明儿叫他画一张如何？'"

第四十二回："李纨笑道：'四丫头要告一年的假呢。'黛玉笑道：'都是老太太昨儿一句话，又叫他画什么园子图儿，惹得他乐得告假了。'"

五十回："贾母道：'那是你四妹妹那里和暖。和我们到那里，瞧瞧他的画儿，赶年可能有了不能。'众人笑道：'那里能年下就有了，只怕明年端阳才有呢。'贾母道：'这还了得！他竟比盖这园子还费工夫了。'……只问惜春画在那里，惜春因笑道：'天气寒冷了，胶性皆凝滞不堪，画了恐不好看，故此收起来了。'"皆借荪友绘事为点缀。其所云请假一年，明年才有，及天寒收起等，则晚岁不应之义也。

《墓志》曰："君归田后，杜门不出，筑堂曰'雨青草堂'，亭曰'佚亭'。布以窠石、小梅、方竹，宴坐一室以为常，暇辄扫地焚香而已。"

《事略》曰："既入史馆，分纂《隐逸传》，容与蕴藉，盖多自道其志行云。"

《石头记》七十四回："惜春年幼，天性孤癖，任人怎

说，只是咬定牙，断乎不肯留着（入画）。又说道：‘不但不要入画，如今我也大了，连我也不便往你们那边去了。况且近日闻得多少议论，我若再去，连我也编派。……我一个姑娘，只好躲是非的，我反寻是非，成个什么人了！……我只能保住自己就够了，以后你们有事，好歹别累我。……状元难道没有糊涂的？……怎么我不冷？我清清白白的一个人，为什么叫你们带累坏了？……你这一去了，若果然不来，倒也省了口舌是非，大家倒还干净。’”

八十七回：“惜春想：‘我若出了家时，那有邪魔缠扰。一念不生，万缘俱寂。’想到这里，蓦与神会，若有所得，便口占一偈云：‘大造本无方，云何是应住。既从空中来，应向空中去。’占毕，即命丫头焚香，自己静坐了一回。”

百十五回：“惜春道：‘如今譬如我死了是的。放我出了家，干干净净的一辈子。’”皆写其杜门不出、扫地焚香之决心也。

宝琴，冒辟疆〔一〕也。辟疆名襄，孔子尝学琴于师襄，故以琴字代表之。

〔一〕冒辟疆：即冒襄（1611—1693），字辟疆，号巢民，江苏如皋人。明末副贡，辞官不就。入清后隐居不仕。著有《巢民诗集》《影梅庵忆语》等。

辟疆有姬曰董白〔一〕，其没也，辟疆作《影梅庵忆语》以哀之，有曰："壬午清和晦日，姬送余至北固山，舟泊江边。时西先生毕令梁〔二〕寄余夏西洋布一端，薄如蝉纱，洁比雪艳，以退红为里，为姬制轻衫，不减张丽华桂宫霓裳也。偕登金山，山中游人数千，尾余两人，指为神仙。"

又曰："余家及园亭，凡有隙地，皆植梅。春来早夜出入，皆烂缦香雪中，姬于含蕊时，先相枝之横斜，与几上军持相受，或隔岁便芟剪得宜，至花放，恰采入供。"

《石头记》四十九回："湘云又瞧着宝琴笑道：'这一件衣裳，也只配他穿，别人穿了实在不配。'"

五十回："贾母一看四面粉妆银砌，忽见宝琴披着凫靥裘，站在山坡背后遥等，身后一个丫鬟抱着一瓶红梅。……喜的忙笑道：'你们瞧这雪坡上，配上他这个人物，又是这件衣裳，后头又是这梅花，像个什么？'众人都笑道：'就像老太太房里挂的仇十洲画的《艳雪

〔一〕董白：即董小宛（1624—1651），名白，字小宛，一字青莲。江苏苏州人。因家道中落沦入青楼，多才多艺，为秦淮八艳之一。后嫁冒襄。《影梅庵忆语》讲述两人情事。

〔二〕毕令梁：当为毕今梁，即毕方济（1582—1649），字今梁，意大利传教士。1609年赴远东传教，1613年被派往北京，后在淮安、南京等地传教。1649年在广州去世。著有《毕方济奏折》《灵言蠡勺》等。

图》。’贾母摇头笑道：‘那画的那里有这件衣裳，人也不能这样好。’……这是已许配梅家了。……把他许了梅翰林的儿子。”

四十九回：“薛蝌因当年父亲已将胞妹薛宝琴许配都中梅翰林之子为媳。”皆与《影梅庵忆语》中语相应。

张公亮〔一〕所作《冒姬董小宛传》：“小宛，秦淮乐籍中奇女也。……徙之金阊。……住半塘。……自西湖远游于黄山白岳间者将三年。……自此渡浒墅，游惠山，历毗陵、阳羡、澄江，抵北固，登金、焦。”

《石头记》五十回：“薛姨妈道：‘他从小儿见的世面倒多，跟他父亲四山五岳都走遍了。他父亲带了家眷，这一省逛一年，明年又到那一省逛半年，所以天下十停走了有五六停了。’……宝琴走来笑道：‘从小儿所走的地方的古迹不少，我如今拣了十个地方古迹，做了十首怀古诗。’”

五十一回，宝琴十首怀古绝句，为赤壁、交趾、钟山、淮阴、广陵、桃叶渡、青冢、马嵬、蒲东寺、梅花观十处，虽地名不皆符合，然彼此足相印证。

辟疆之别墅曰水绘园。《石头记》五十二回，宝琴说

〔一〕张公亮：即张明弼（1584—1652），字公亮，江苏金坛人。明崇祯十年（1637）进士。官至户部主事。著有《萤芝集》等。

曾见真真国女子。盖用《闻奇录》〔一〕中“画中美人名真真”事，以映绘字。此女子所作诗，有曰：“昨日朱楼梦，今宵水国吟。”上句言其不忘明室，下句则即谓水绘园也。

古人尝以千里草影“董”字，后汉童谣“千里草，何青青”是也。《石头记》五十回：李绮灯谜，以萤字打一个字。宝琴猜是花草的花字。黛玉笑道：“萤可不是草化的。”殆亦以“草”字影“董”字也。相传董小宛实非病死，而被劫入清宫。草化为萤，疑即指此。“萤”与荣国府之“荣”同音也。

刘老老，汤潜庵也（合肥蒯君若木〔二〕为我言之）。潜庵受业于孙夏峰〔三〕凡十年。夏峰之学，本以象山、阳明为宗。《石头记》：“刘老老之女婿曰王狗儿，狗儿之父曰

〔一〕《闻奇录》：唐代小说集，三卷，作者不详，全书已佚，《太平广记》辑有佚文。“真真”事出自该书《画工》篇。

〔二〕蒯若木（？—1945）：字寿枢，安徽合肥人。毕业于日本东京高等工业学校，曾任青海甘边屯垦使兼青海矿务监督。系同盟会会员、佛学研究会会员、金陵刻经处董事会第一任董事。

〔三〕孙夏峰：即孙奇逢（1584—1675），字启泰，号钟元。晚年讲学辉县夏峰村二十余年，从者甚众，世称夏峰先生。容城（今河北徐水）人。明万历二十八年（1600）举人。入清后隐居不仕。与李颙、黄宗羲并称“清初三大儒”，著有《理学宗传》《夏峰先生集》等。

王成。其祖上曾与凤姐之祖王夫人之父认识，因贪王家势利，便连了宗。”似指此。

耿介〔一〕所作《汤潜庵先生斌传》曰：“皇太子将出阁，上谕吏部：自古帝王谕教太子，必简和平谨恪之臣，专资赞导。江宁巡抚汤斌，在经筵时素行谨慎，朕所稔知，及简任巡抚以来，洁己率属，实心任事，允宜拔擢大用，风示有位，特授礼部掌詹事府事。”

《石头记》四十二回：“凤姐儿道：‘他（巧姐儿）还没个名字，你就给他起个名字，借借你的寿。二则你们是庄家人，不怕你恼，到底贫苦些。你贫苦人起个名字，只怕压的住他。’”

又一百十三回：“凤姐对巧姐儿道：‘你的名字还是他起的呢，就和干娘一样。你给他请个安。’……老老道：‘只是不到我们那里去。’凤姐道：‘你带了他去罢。’”一百十九回：“平儿道：‘老老你既是姑娘的干妈。’”疑皆指其为詹事时事。

《觚賸》〔二〕：“旧传明祖梦兵卒千万，罗拜殿前。……高

〔一〕耿介（1623—1693）：字介石，号逸庵，河南登封人。清顺治九年（1652）进士，官至少詹事。著有《敬恕堂存稿》等。

〔二〕《觚賸》：清钮琇撰，分正、续二编，共十二卷，笔记小说集，成书于康熙年间，记明末清初世俗百态。

皇曰：‘汝因多人，无从稽考姓氏，但五人为伍，处处血食足矣。’因命江南家立尺五小庙祀之，俗称五圣祠。是后日渐蕃衍，甚至树头花前，鸡埘豕圈，小有萎殀，辄曰五圣为祸。吾吴上方山尤极淫侈，娶妇贷钱，殀诡百出。吴人惊信若狂，箫鼓画船，报赛者相属于道。巫觋牲牢，阒委杂陈。计一日之费，不下数百金，岁无虚日也。睢州汤公巡抚江南，深痛恶俗。康熙乙丑，奏于朝，而奉有谕旨，并檄各省，如江南土木之俑，或畀炎火，或投浊流。五圣祠遂斩无孑遗。”

《国朝先正事略》〔一〕：“苏州府城上方山，有祠曰五通，祷赛甚盛。凡少年妇女感寒热，觋巫辄谓五通将娶为妇，往往羸瘵死，常数十家。前有大吏拟撤其祠，遇祟死，民益神之。公收像投水火，尽毁所属淫祠，请旨勒石永禁。”

《石头记》三十九回：“刘老老道：‘去年冬天，接连下了几天雪，地下压了三四尺深。……只听外头柴草响，我想必定有人偷柴草来了。……贾母道：‘必定是过路的客人们冷了，见现成的柴，抽些烤火去，也是有的。’刘老老

〔一〕《国朝先正事略》：清李元度（1821—1887）编，全书分七门，六十卷，收录清初至咸丰间人物传记，其中正传500人，附传608人。

道：‘……原来是一个十七八岁极标致的一个小姑娘。’……外面人喊嗓起来。……丫鬟回说：‘南院马棚子里走了火了，不相干，已救下了。’……只见东南上火光犹亮。……又忙命人去火神跟前烧香。……贾母足足看火光熄了。……都是才说抽柴草，惹出火来了。……林黛玉忙笑道：‘咱们雪下吟诗，依我说，还不如弄一捆柴火雪下抽柴。’……刘老老编了告诉他道：‘那原是我们庄北沿地埂子上，有一个小祠堂里，供的不是神佛，当先有个什么老爷说着。’又想名姓。宝玉道：‘不拘什么名姓，你不必想了（《觚賸》所谓无从稽考姓氏），只说原故就是了。’刘老老道：‘这老爷没有儿子，只有一位小姐，名叫若玉小姐（五字与玉字相似，故曰若玉）。……生到十七岁，一病死了（《国朝先正事略》所谓少年妇女……五通将娶为妇，往往羸瘵死）。……因为老爷太太思念不尽，便盖了这祠堂，塑了这若玉小姐的像，派了人烧香拨火，如今日久年深的，人也没了，庙也破了，那像也就成了精。……他时常变了人出来各村庄店道上闲逛。我才说抽柴火的就是他了。我们村庄上的人，还商议着要打了这个像，平了庙呢。’……宝玉道：‘我明日做个疏头，替你化些布施，你就做香头，攒了钱，把这庙修盖，再装塑了泥像，每月给

你香火钱烧香，岂不好？’（汪士鋐〔一〕所作《汤潜庵先生墓表》：“其后五路神徙于他所，骎骎乎有复兴之势。”）……焙茗笑道：‘找到东北上田埂子上，才有一个破庙。……那庙门却倒也朝南开，也是稀破的。……一看泥胎，吓的我又跑出来，活似真的一般。……那里是什么女孩儿，竟是一位青脸红发的瘟神爷。’”皆影汤公毁五通祠事也。

徐乾学所作《工部尚书汤公神道碑》：“居官不以丝毫扰于民，夏从贸肆中易苎帐自蔽，春野荠生，日采取啖之，脱粟羹豆，与幕客对饭。下至臧获，皆怡然无怨色。常州知府祖进朝制衣靴，欲奉公，久之不敢言，竟自服之。”

冯景〔二〕所作《汤中丞杂记》：“黄进士春江言：‘公莅任时，某亲见其夫人暨诸公子衣皆布，行李萧然，类贫士。而其日给为菜韭。公一日阅簿，见某日两支鸡，公愕问曰：‘吾至吴未曾食鸡，谁市鸡者乎？’仆叩头曰：‘公子。’公怒，立召公子跽庭下而责之曰：‘汝谓苏州鸡贱如河南耶？汝思啖鸡，便归去。恶有士不嚼菜根而能作百事者哉！’并笞其仆而遣之。公生日，荐绅知公绝馈遗，惟

〔一〕汪士鋐（1658—1723）：字文升，号退谷，又号秋泉居士，吴县（今江苏苏州）人。清康熙三十六年（1697）进士，官至右中允，入值南书房。著有《瘗鹤铭考》《秋泉居士集》等。

〔二〕冯景（1652—1715）：字山公，一字少渠，钱塘（今浙江杭州）人。监生。著有《解春集》等。

制屏为寿。公辞焉。启曰：‘汪琬撰文在上。’公命录以入，而返其屏。……去之日，敝簏数肩，不增一物于旧，惟《廿一史》则吴中物，公指为祖道诸公曰：‘吴中价廉，故市之，然颇累马力。’”

《觚賸续编》：“睢州汤潜庵先生，以江南巡抚内迁大司空，其殁于京邸也，同官唁之，身卧板床，上衣敝蓝丝袄，下着褐色布袴。检其所遗，惟竹笥内俸银八两。昆山徐大司寇赙以二十金，乃能成殡。”

《石头记》第六回，记刘老老之外孙名板儿，外孙女名青儿，一进荣国府携板儿去，板儿当影吴中所市之《廿一史》，青儿则影其日给菜韭也。

又刘老老见凤姐时，贾蓉适来借屏，“贾蓉笑道：‘我父亲打发我来求婶子，说上回老舅太太给婶子的那架玻璃炕屏，明儿请一个要紧的客，借去略摆一摆就送来的。’……凤姐笑道：‘也没见我们王家的东西都是好的。……碰坏一点，你可仔细你的皮。’”是影不受寿屏事。曰借、曰略摆一摆就送来，言不受也；王家的东西都是好的，王、汪同音，汪琬〔一〕撰文在上也；不许碰坏一点，但

〔一〕汪琬（1624—1691）：字苕文，号钝翁，长洲（今江苏苏州）人。清顺治十二年（1655）进士，官至户部主事、刑部郎中。著有《钝翁类稿》等。

录其文而于屏一无所损也。

又凤姐给他二十两银子，而第三十九回：“刘老老道：‘这样螃蟹，……再搭上酒菜，一共倒有二十多两银子。阿弥陀佛，这一顿的钱，够我们庄家人过一年的了。’”疑皆影徐健庵赙二十金也。

第三十九回，“刘老老又来了，有两三个丫头在地下，倒口袋里的枣子、倭瓜并些野菜。老老道：‘姑娘们天天山珍海味的也吃腻了，吃个野菜儿，也算我们的穷心。’贾母又笑道：‘我才听见凤哥儿说，你带好些瓜菜来，我叫他快收拾去了。我正想个地里现结的瓜儿菜儿吃，外头买的不像你们田地里的好吃。’刘老老笑道：‘这是野意儿，不过吃个新鲜。依我们倒想鱼肉吃，只是吃不起。’”

第四十二回：“平儿道：‘到年下，你只把你们晒的那个灰条菜干子和豇豆、扁豆、茄子、葫芦条子各样干菜带些来，我们这里上上下下都爱吃这个。’”皆影啖野荠、给菜韭及谓士当嚼菜根等也。平儿道：“这一包是八两银子。”影死后所遗惟俸银八两也。三十九回：“鸳鸯去挑了两件随常的衣服，给刘老老换上。”

四十二回：“鸳鸯道：‘前儿我叫你洗澡换的衣裳是我的，你不弃嫌，我还有几件，也送你罢。’刘老老又忙道谢。鸳鸯果然又拿出几件来。”又“鸳鸯指炕上一个包袱

说道：‘这是老太太的几件衣裳，都是往年间生日节下众人孝敬的，老太太从不穿人家做的，收着也可惜，却是一次也没穿过的。昨日叫我拿出两套儿送你带去，或送人，或自己家里穿罢。’”

又“平儿又悄悄笑道：‘这两件袄儿和两条裙子，还有四块包头、一包绒线，这是我送老老的，那衣裳虽是旧的，我也没大很穿，你要弃嫌，我就不敢说了。’老老忙笑说道：‘姑娘说那里话？这样好东西，我还弃嫌。我便有银子，没处买这样的去呢。只是我怪臊的，收了又不好，不收又孤负了姑娘的心。’”皆影祖进朝欲奉衣靴久不敢言而自服之也。

四十回：“贾母道：‘那个纱叫软烟罗。先时原不过是糊窗屉，后来我们拿这个做被做帐子，试试也竟好。……刘老老口里不住的念佛，说道：‘我们想做衣裳也不能，拿着糊窗子，岂不可惜。’……贾母道：‘若有时都拿出来，送这刘亲家两匹。有雨过天青的，我做一个帐子挂下。’”

四十二回：“平儿说道：‘这是昨日你要的青纱一匹。奶奶另外送你一个实地月白纱做里子。这是两个茧绸，做袄儿裙子都好。这包袱里是两匹绸子，年下做件衣裳穿。’”

又四十一回：“刘老老忽见有一副最精致的床帐。”皆影其苎帐自蔽，全家衣布，及死时服敝蓝丝袄褐色布袴事

也。第四十回：“刘老老道：‘这里的鸡儿也俊，下的这蛋也小巧怪俊的。’”

四十一回：“凤姐道：‘你把才下来的茄子，把皮刨了，只要净肉，切成碎钉子，用鸡油炸了，再用鸡肉脯子合香菌、新笋、蘑菇、五香豆腐干子、各色干果子，都切成钉儿，拿鸡汤煮干，将香油一收，外加糟油一拌，盛在磁罐子里封严，要吃时拿出来，用炒的鸡爪子一拌就是了。’刘老老听了，摇头吐舌说：‘我的佛祖，倒得十来只鸡来配他，怪道这个味儿。’”影其责子啖鸡事也。

《履园丛话》〔一〕：“汤文正公莅任江苏，闻吴江令即墨郭公琇有墨吏声，公面责之。郭曰：‘向来上官要钱，卑职无措，只得取之于民。今大人如能一清如水，卑职何敢贪耶。’公曰：‘姑试汝。’郭回任，呼役汲水洗其堂，由是大改前辙。”

《石头记》四十一回：“贾母带了刘老老至栊翠庵来。……宝玉道：‘等我们出去了，我叫几个小幺儿来，河里打几桶水来洗地如何？’”影郭琇洗堂事也。

其他迎春等人，尚未考出，姑阙之。又有插叙之事，

〔一〕《履园丛话》：清钱泳撰，二十四卷，笔记小说集，所记多作者亲身经历者，涉及当时社会文化的各个方面。

颇与康熙朝时事相应者数条，附录于后。

四十八回贾雨村拿石呆子事，即戴名世〔一〕之狱也。戴居南山冈，即以南山名其集。《诗》曰："节彼南山，维石岩岩。"

又戴之贾祸，尤在其致门生余石民〔二〕一书，故以石呆子代表之。所谓："老爷不知在那里看见几把旧扇子，回家来看家里所有收着的这些好扇子都不中用了。……偏他家就有二十把旧扇子，死也不肯拿出大门来。……他只是不卖，只说要扇子先要我的命。……谁知那雨村没天理的听见了，便设了法子讹他拖欠官银，拿了他到衙门里去，说所欠公银变卖家产赔补，把这扇子抄了来，做了官价，送了来。那石呆子如今不知是死是活。……为这点子小事，弄的人家败产。"

扇者，史也，看了旧扇子，家里这些扇子不中用，有实录之明史，则清史不足观也。二十把旧扇子，二十史

〔一〕戴名世（1653—1713）：字田有，一字褐夫，号药生，又号忧庵。晚年隐居桐城南山，人称南山先生，安徽桐城人。清康熙四十八年（1709）进士，授翰林院编修。两年后因文字获罪，被诛，事连数百人。著有《戴名世集》等。

〔二〕余石民：即余湛，字石民，安徽舒城人。戴名世弟子，清康熙五十一年（1712）因受《南山集》案牵连，病死狱中。

也。石呆子死不肯卖，言如戴名世等宁死而不肯以中国古史俾清人假借也。拿石呆子，抄扇子，弄的人家败产，石呆子不知是死是活，谓烧毁《南山集》版，斩戴名世，其案内干连之人并其妻子，或先发黑龙江，或入旗也。

第二十三回回目以《西厢记》《牡丹亭》对举。四十回黛玉应酒令，并引二书。五十一回宝琴编怀古诗，末二首亦本此二书，所以代表当时违碍之书也。《西厢》终于一梦，以代表明季之记载；《牡丹亭》述丽娘还魂，以代表主张光复明室诸书。

宝玉初读《西厢》，正值落红成阵，引起黛玉葬花，即接叙黛玉听曲，恰为“原来是姹紫嫣红开遍，似这般都付与断井颓垣”及“良辰美景奈何天，赏心乐事谁家院”。其后又想起《西厢记》中“花落水流红”等句。落红也，葬花也，付红紫于断井颓垣，皆吊亡明也。奈何天，谁家院，犹言今日域中谁家天下也。黛玉应酒令引《牡丹亭》，仍为“良辰美景奈何天”，引《西厢》则曰“纱窗也没有红娘报”，言不得明室消息也。

第四十二回：“宝钗道：‘我们家也算是个读书人家，祖父手里也极爱藏书。先时人口多，姊妹兄弟也在一处，……诸如这《西厢》《琵琶》以及《元人百种》，无所不有。他们背着我们偷看，我们背着他们偷看。后来大人

知道了，打的打，骂的骂，烧的烧，丢开了。'"言此等违碍之书，本皆秘密传阅，经官吏发见，则毁其书而罚其人也。

宝琴所编《蒲东寺怀古》曰："小红骨贱一身轻，私掖偷携强撮成。虽被夫人时吊起，已经勾引彼同行。"似以形容明室遗臣强颜事清之状。其《梅花观怀古》末句"一别西风又一年"，亦有黍离之感。"黛玉道：'两首虽于史鉴上无考，咱们虽不曾看这些外传，不知底里，难道咱们连两本戏也没见过不成？三岁的孩子也知道，何况咱们。'李纨道：'凡说书唱戏甚至于求的签上都有，老少男女俗语口头，人人皆知皆说的。'"言此等忌讳之事虽不见史鉴，亦不许人读其外传，而人人耳熟能详也。

第七回，焦大醉后漫骂，"众小厮把他捆起来，用土和马粪满满的填了他一嘴"。第百十一回："大家见一个梢长大汉，手执木棍……正是甄家荐来的包勇。……包勇用力一棍打去，将贼打下屋来。"似影射方望溪事。

《啸亭杂录》："方灵皋性刚戆，遇事辄争。尝与履恭王〔一〕同判礼部事，王有所过当，公拂袖而争。王曰：'秃

〔一〕 履恭王：即康熙第十二子胤裪（1685—1763）。清康熙四十八年（1709）封贝子，总管内务府事务。六十一年（1722）官镶黄旗满洲都统。雍正即位后封其为履郡王，后因治事不能被夺爵。乾隆即位后被封履亲王，得到重用。

老可敢若尔！’公曰：‘王言如马勃味。’往谒查相国〔一〕，其仆恃势不时禀，公大怒，以杖叩其头，血涔涔下，仆狂奔告相公。迎见后，复至查邸，其仆望之即走，曰：‘舞杖老翁又来矣！’”望溪名苞，故曰包勇。

第十八回，“黛玉因见宝玉构思太苦，走至案旁，知宝玉只少《杏帘在望》一首。……自己吟成一律，写在纸条上，搓成个团子，掷向宝玉眼前。宝玉遂忙恭楷缮完呈上。贾妃看毕，指《杏帘》一首为四首之冠”。似影射张文端助王渔洋事。〔二〕

《啸亭杂录》：“王文简〔三〕诗名重当时，浮沉粉署。张文端公直南书房，代为延誉。仁庙亦尝闻其名，召入面试。渔洋诗思本迟，加以部曹小臣乍睹天颜，战栗不能成一字。文端代作诗草，撮为丸置案侧，渔洋得以完卷。上阅之，笑曰：‘人言王某诗多丰神，何整洁殊似卿笔？’……渔洋感激终身，曰：‘是日微张某，余几曳白矣。’”

〔一〕查相国：即查郎阿（1684—1747），那拉氏，字松庄，满洲镶白旗人。官至文华殿大学士、兵部尚书、太子太保。

〔二〕张文端：即张鹏翮（1649—1725），字运青，号宽宇，四川遂宁人。清康熙九年（1670）进士。官至文华殿大学士、吏部尚书。谥号文端。著有《张文端公全集》等。王渔洋即王士禛。

〔三〕王文简：即王士禛，谥号文简。

元妃省亲，似影清圣祖之南巡。盖南巡之役，本为省觐世祖而起也。第十六回：“赵嬷嬷道：‘我听见上上下下嗓嚷了这些日子，什么省亲不省亲，我也不理论他去。如今又说省亲，到底是怎么个缘故？’贾琏道：‘如今当今体贴万人之心，世上至大莫如孝字……当今自为日夜侍奉太上皇、皇太后，尚不能略尽孝意……于是太上皇、皇太后大喜，深赞当今至孝纯仁。’……凤姐笑道：‘当年太祖皇帝仿舜巡的故事，比一部书还热闹，我偏没造化赶下。’赵嬷嬷道：‘阿呀呀，那可是千载难逢的。那时候我才记事儿，咱们贾府……只预备接驾一次，把银子花的淌海水似的。说起来……’凤姐忙接道：‘我们王府里也预备过一次……。’赵嬷嬷道：‘如今还有现在江南的甄家，阿呀呀，好世派，他家独接驾四次。……也不过拿着皇帝家的银子，往皇帝身上使罢了，谁家有那些钱买这个虚热闹去。’”

赵嬷嬷说省亲是怎么个缘故，可见省亲是拟议之词。康熙朝无所谓太上皇，而以太上皇与皇太后并称，是其时世祖未死之证。宫妃省亲与皇帝南巡事绝不同，而凤姐及赵嬷嬷乃缕述太祖皇帝南巡故事，且缕述某家接驾一次、某家接驾四次，是明指康熙朝之南巡，不过因本书既以贾妃省亲事代表之，不得不假记南巡为已往之事云尔。

右所证明，虽不及百之一二，然《石头记》之为政治

小说，决非牵强傅会，已可概见。触类旁通，以意逆志，一切怡红快绿之文，春恨秋悲之迹，皆作二百年前之因话录、旧闻记读可也。

民国四年十一月著者识

（《石头记索隐》，商务印书馆 1917 年 9 月版）

在北京通俗教育研究会演说词（节录）

（1916年12月27日）

小说于教育上尤有密切之关系，往往有寝馈其中而得获知识者，昔时尚无人注意及此。近自西学输入，翻译彼邦小说，日渐繁多，国人始稍稍注意。

小说家之名，已见于《汉书·艺文志》。自唐以后，小说渐盛。综观我国小说，强多半涉男女之情。其故由于我国男女之防素严，作小说者，往往多借文字以发泄其怀抱。其他则不外乎鬼怪神仙之谈。如《水浒》《红楼梦》等书，在昔人已有目为诲淫诲盗者，足征论者已认此种小说，为有教育之价值。著《水浒传》者，实抱有一种革命思想。此种思想，在今日视之，固已为过去之成迹，然在当时，亦可谓有价值之书矣。又如《三国演义》一书，尽人皆知。其中结构，以诸葛孔明为主要人物，而曹孟德则

为其对待者。其于曹孟德，固目为奸雄，然亦极写其智谋材力，为人所莫及，而其写诸葛亮也，亦适成为一机械变诈之人物，实与其写曹孟德不甚相远。要之此书之写上等人物，实不外乎权术用事，纯恃手段制胜而已。颇有人谓我国近时最著名之某公，其一生行事即取法乎《三国演义》所写之人物，其后卒因以致败。昔人之思想，其不适用于今日之世界也，审矣。

又如《石头记》一书，世人多视为言情小说，其实为政治小说。书中述男女交际，皆取放任主义。其后有《儿女英雄传》一书，则专持与《石头记》相反之主义，为旧思想之代表而已。

总计中国小说，其著名者大略如此。欧洲各国小说，在文学界中位置素高，近时则自然派盛行，如法国之弗罗贝尔及淑拉，德国之许特曼等皆是。俄国之托尔斯泰，吾国人多知其名，彼亦即自然派中之一人，且尝著书反对英国之大戏剧家莎士比亚，谓其所著不合自然。所谓自然派者，其所述事实必皆为情理上所可有，而绝不容有虚无缥缈之谈，如我国小说之侈言神仙鬼怪。此亦近世科学日臻发达，故小说亦因科学之潮流而转移也。就教育家之眼光审谛小说，固必取隐恶扬善之意。惟小说家之笔墨，写君子难而写小人易。试观各国之操新闻事业者，为动阅者之

目起见，往往搜集各种新奇之侦探案，将案中细情曲意描摹，载诸报纸之上。为营业起见，计固良得。然阅者之脑筋，日日印入此非法行为，难保不因之而感染。尝闻有人日阅医家之治证告白，久而久之，其人果患与告白相类之病症。以此例彼，其关系于人心也巨矣。世界万事，有阴必有阳，有暗必有明。作小说者讵能违乎此旨。顾西国所谓自然派之小说，笔底虽写黑暗之状，而目光常注光明之点。我国之作者则不然，如近时所传之《官场现形记》等书，其描写黑暗情形，可谓淋漓尽致，然不能觅得其趋向光明之径线，则几何不牵帅读者而使之沉溺于黑暗社会耶！

（《蔡元培全集》第二卷）

以美育代宗教说（节录）

——在北京神州学会演说词

（1917年4月8日）

其他美育中，如悲剧之美，以其能破除吾人贪恋幸福之思想。《小雅》之怨悱，屈子之离忧，均能特别感人。《西厢记》若终于崔、张团圆，则平淡无奇；惟如原本之终于草桥一梦，始足发人深省。《石头记》若如《红楼后梦》等，必使宝、黛成婚，则此书可以不作。原本之所以动人者，正以宝、黛之结果一死一亡，与吾人之所谓幸福全然相反也。

（《蔡元培全集》第三卷）

1917—1918年日记

1917年7月30日日记（节录）

《清朝野史大观》第九卷八十五叶，宫僚雅集杯姓名。康熙朝士有“宫僚雅集杯”，盖其时士人互相招邀。杯以白金为之，分别大小，如沓杯式，白质黑章，外界乌丝花草，内镌诸公姓氏、里居，旁镌“宫僚雅集”四字，以量之大小为次，首汤斌，字潜庵，河南睢州人……次耿介，字逸庵，河南登封人……次张英，字敦复，安徽桐城人……次王士祯，字阮亭，山东新城人。皆一时同官坊局讲读者。

《石头记》四十回：“刘老老道，有木头的杯取个来……凤姐儿笑道……这木头可比不得瓷的，他都是一套，定要吃遍一套方使的。刘老老听了心下战栗道……金杯银杯倒都也见过，从没见有木头杯的……鸳鸯笑道……

不如把我们那里的黄杨根子整刓的十个大套杯拿来……刘老老……惊的是一连一个挨次大小分下来……喜的是雕镂奇绝，一色山水、树木、人物，并有草字以及图印……王夫人道……只吃这头一杯罢……刘老老道……我还是小杯吃罢，把这大杯收着……鸳鸯无法，只得命人满斟了一大杯，刘老老两手捧着呷。”即指宫僚雅集杯也。

《大观》九卷二十六叶，计东云、陈其年性情各异。计改亭（东云）：“予与陈其年同读书于宋司业德宜家，其年居西舍，予东舍，灯火相照。予不能夜坐，而喜早起。其年吟咏必至夜分，而起每迟。其年好为惊艳绝丽之文，予嗜苍凉古质之作。两人性不相易，然至相契。”

《石头记》中，有宝玉晨赴黛玉处，黛玉与湘云未起事。又有说湘云喜说话，夜分不睡事。

又十卷三十叶，鸿博主试之被嘲。鸿博科之初开，以议修明史始。自高等者授官过优，外间遂有野翰林之目，此举主试为宝坻杜文端、高阳李文勤、益都冯文毅、昆山叶文敏四公，有以诗讽之者云云。

《石头记》贾君称史太君，大观园为山子野所构造。又林四娘疑即指主司四人，林者翰林也。又或为四布衣、朱竹垞等。

林四娘，秦良玉也。其夫曰恒王，“恒”字之右为

“亘”即“宣”字，良玉之夫为石柱宣抚使也。良与娘同音，林即林黛玉之林，以其名字有玉字也。

（《蔡元培全集》第十六卷）

1918 年 1 月 26 日日记（节录）

阅司空图《诗品·典雅》，落花无言，人澹如菊。《石头记》中以花袭人影高澹人，又其兄名花自芳。

秦朝轩（大樽）《消寒诗话》第十三叶下：“向在京师，见俞令君（鸿庆）诗稿，有《青霞歌》，其小序云：‘青霞，嵇留山先生侍妾也。留山以诸生应闽制府范成谟之聘，留妻与子于吴（子即相国曾筠，俞即相国婿），而携青霞入闽。未几，闽逆藩耿精忠叛，范公骂贼被执。贼更欲胁降留山，亦不屈。同被拘囚三年。范公死难，嵇亦随殉，青霞是日经于庭树。’”

案《石头记》之画蔷，王梦阮谓是指范事。今颇疑晴雯亦指范，即青霞之影射也。又鸳鸯自经，可卿亦有此疑，疑与青霞有关。

（《蔡元培全集》第十六卷）

1918年7月10日日记

阅易蔚儒《新世说》德行篇，引《池北偶谈》朱之锡遣婢事，疑《石头记》中七十四回惜春遣入画事所本。

（《蔡元培全集》第十六卷）

1918年7月11日日记

阅《新世说》方正篇，任葵尊坐王府门前索某旦，俟〔似〕为琪官事所本。

（《蔡元培全集》第十六卷）

1918年9月29日日记

《石头记》中，第八回贾宝玉奇缘识金锁，金锁是人为的，锁上所鎏两句话，与宝玉上两句是一对儿，亦是江村以金豆賄通内侍之意。第七回宝钗说的海上方……一二年间可巧都得了，亦是江村预知康熙所读书之意。李纨当

是李光地，以其用蜡丸报耿氏事变，故名纨。光地讲程朱之学，故其夫名珠。第十七回，宝玉不喜杏花村，谓其不自然，即指程朱派流弊也。四十八回，黛玉教香菱作诗，而香菱所作之诗为咏月，当是影竹垞集《明诗综》事。

（《蔡元培全集》第十六卷）

《评注阅微草堂笔记》序

（1918年11月18日）

清代小说最流行者有三，《石头记》《聊斋志异》及《阅微草堂笔记》是也。《石头记》为全用白话之章回体，评本至多而无待于注；《聊斋志异》仿唐代短篇小说，刻意求工，其所征引，间为普通人所不解，故早有注本；《阅微草堂笔记》则用随笔体，信手拈来，颇有老妪都解之概，故自昔无作注者。然纪晓岚氏博极群书，虽无意为文，而字字皆有来历，不为证明，读者或不免失其真意。会文堂主人有鉴于此，特详注而重印之，以与《石头记》评本、《聊斋志异》注本相埒，从此纪氏之书将益受普通人欢迎矣。

中华民国七年十一月十八日蔡元培识

（《评注阅微草堂笔记》，上海会文堂书局1918年刊行）

发起国语研究会请立案呈

（1919年1月）

窃维吾国今日欲图教育之普及，必自改良教科书始。欲改良教科书，必自改革今日教科书之文体，而专用寻常语言入文始。欲用语言入文，必先调查全国之方言，博征古籍，以究其异同，详著其变迁之迹，斟酌适中，定为准则。其程度必视寻常之语言稍高，视寻常之文字较低，而后教育可冀普及，而语言亦有统一之望。夫教育不普及，语言不统一，实吾国今日之大患。同人等有鉴于此，爰有国语研究会之设立，业经集合同志，互相讨论，一俟在京各有会员征求已齐，即当照章推举会长及会中各职员。兹先将发起人姓名，并征求会员书暨国语研究会暂定简章九条，黏呈鉴核，请予立案，实为公便。谨呈。

具呈者发起人蔡元培等

附中华民国国语研究会征求会员书（节录）

今日各地之方言，已非昔日各地之方言，具有明证（春秋吴越语，今苏杭人不解；《红楼梦》之京话与今之京话多不同。苏州白话小说及传奇中之苏白，大异于今苏语；其他古今白话不同之证甚多）。但其变也，无轨道可循，则各变其所变。使立定国语之名义，刊行国语之书籍，设一轨道以导之，自然渐趋于统一，不过迟速之别而已。

（《蔡元培全集》第三卷）

致《公言报》函并答林琴南函（节录）〔一〕

（1919年3月18日）

又次考察“大学少数教员所提倡之白话的文字，是否与引车卖浆者所操之语相等”。白话与文言，形式不同而已，内容一也。《天演论》《法意》《原富》等，原文皆白话也，而严幼陵君译为文言。少仲马、迭更司、哈德等所著小说，皆白话也，而公译为文言。公能谓公及严君之所译，高出于原本乎？若内容浅薄，则学校招考时之试卷，普通日刊之论说，尽有不值一读者，能胜于白话乎？且不特引车卖浆之徒而已，清代目不识丁之宗室，其能说漂亮之京话，与《红楼梦》中宝玉、黛玉相埒，其言果有价值欤？熟读《水浒》《红楼梦》之小说家，能于《续水浒传》

〔一〕 该文题目，《蔡元培全集》有改动，此处恢复原题目。

《红楼复梦》等书以外，为科学、哲学之讲演欤？公谓“《水浒》《红楼》作者，均博极群书之人，总之非读破万卷，不能为古文，亦并不能为白话”。诚然，诚然，北京大学教员中，善作白话文者，为胡适之、钱玄同、周启孟诸君。公何以证知为非博极群书，非能作古文，而仅以白话文藏拙者？胡君家世汉学，其旧作古文，虽不多见，然即其所作《中国哲学史大纲》言之，其了解古书之眼光，不让于清代乾嘉学者。钱君所作之文字学讲义、学术文通论，皆大之文言。周君所译之《域外小说》，则文笔之古奥，非浅学者所能解。然则公何宽于《水浒》《红楼》之作者，而苛于同时之胡、钱、周诸君耶？

（《蔡元培全集》第三卷）

附录　林琴南致蔡元培函（节录）

且天下惟有真学术、真道德，始足独树一帜，使人景从。若尽废古书，行用土语为文字，则都下引车卖浆之徒，所操之语，按之皆有文法，不类闽广人为无文法之啁啾。据此，则凡京津之稗贩，均可用为教授矣。若《水浒》《红楼》，皆白话之圣，并足为教科之书，不知《水

浒》中辞吻多采岳珂之《金陀萃篇》,《红楼》亦不止为一人手笔，作者均博极群书之人。总之，非读破万卷，不能为古文，亦并不能为白话。若化古子之言为白话演说，亦未尝不是。

（《蔡元培全集》第三卷）

1919年日记

1919年5月15日（节录）

宋秦太虚，为秦可卿及太虚幻境所托。

（《蔡元培全集》第十六卷）

1919年5月25日（节录）

阅广益书局所印《清谭》，抄袭他书而成，所引《春冰室》野乘甚多。卷七所引，有《都门时事汇录》七则。

又有一条，吴梅村身后之文字狱。《绥寇纪闻》本名《鹿樵纪闻》，施愚山致金长真书云，梅村《鹿樵纪闻》一书，“邹流骑以故人子弟之义，卖屋为任剞劂……今拘系

赴解，举家号哭，悉焚他书，笥橐为空”。案：《石头记》探春自号蕉下客，黛玉谓可牵去宰之，疑影此事。

（《蔡元培全集》第十六卷）

1919 年 6 月 3 日（节录）

阅《随园诗话》毕。

卷二第四叶："康熙间，曹楝亭为江宁织造……素与江宁太守陈鹏年不相中，及陈获罪，乃密书荐陈，人以此重之。其子雪芹，撰《红楼梦》一部，备记风月繁华之盛。中有所谓大观园者，即今之随园也。"

卷十五第八叶："熊蔗泉观察听雪云：'一夜朔风急，重衾尚觉寒，料应阶下白，及早起来看（王熙凤一夜北风起[一]）。'"

（《蔡元培全集》第十六卷）

〔一〕《红楼梦》第五十回原文作"一夜北风紧"。

1919 年 7 月 12 日（节录）

《渔洋精华录》第十卷，有立斋相国《斋中蕉花开索赋》六绝句。案：《石头记》影健庵之探春，别号蕉下客，或即影其因兄揽权欤。

竹垞自号小长芦钓师，一灵道人《小长芦图》注："秀水朱竹垞父子蓑笠垂钓图也。"案：《石头记》有钓鱼事，又有黛玉说渔翁渔婆事。

（《蔡元培全集》第十六卷）

1919 年 7 月 17 日（节录）

得商务印书馆函，索《石头记索隐》印花一千五百纸（前已印过四千部）。

（《蔡元培全集》第十六卷）

1919 年 7 月 18 日（节录）

陈廷敬所作朱竹垞墓志云："君生数岁，尝见诸神物

异怪状不类人世，及他人视之，辄无所见。”此疑黛玉成仙事所本。君父茂曙撰有《春草堂遗稿》，此疑绛珠草所本。《鹾志》□卷。《鹾志》者，通政使曹公寅与君合撰者也。曹公为君刊《曝书亭集》八十卷，未卒业而君殁。此为盐政林如海、黛玉焚稿所本。

《曝书亭集》第一卷有《太极图赋》。忆《石头记》曾有一条，黛玉说咏太极图，全用某韵。

（《蔡元培全集》第十六卷）

1919 年 7 月 24 日（节录）

《石头记》：探春所居曰秋爽斋，秋者，秋官也，爽者，骕骦也。即指健庵为刑部尚书。

（《蔡元培全集》第十六卷）

1919 年 7 月 30 日（节录）

越缦日记庚申八月十三日：“阅小说《红楼梦》……此书相传所称贾宝玉即纳兰容若……泾县朱兰坡先生藏有

《红楼梦》原本，乃以三百金得之都门者。六十回以后，与刊本异。”“壬戌岁余姚朱肯夫编修于厂肆购得六十回抄本，尚名《石头记》。”（后两条是加批，故及壬戌事。）

（《蔡元培全集》第十六卷）

1919 年 8 月 3 日（节录）

越缦日记同治癸亥十月三十日节录孔体生《熊文端公（赐履）年谱》：“康熙三十八年，六十五岁，春，命入侍皇子进讲。四十一年十二月，特制咏雁诗赐之，以寓挽留之意。（案：《石头记》黛玉看呆雁语，疑指此。）四十五年，七十二岁，乞归，十月给传遣官护送还金陵。四十六年，上南巡回銮之日，解所服貂帽及团龙服赐之，曰：‘卿服之，如见朕矣。’”（宝玉在学中不服鹔鷞裘，代儒疑其惜物，疑指此。）

（《蔡元培全集》第十六卷）

传略（上）（节录）

（1919年8月）

（第二游学时代）……孑民深信徐时栋君所谓《石头记》中十二金钗，皆明珠食客之说。随时考检，颇有所得。是时应《小说月报》之要求，整理旧稿，为《石头记索隐》一册，附月报分期印之，后又印为单行本。然此后尚有继续考出者，于再版、三版时，均未及增入也。

（《蔡元培全集》第三卷）

在国语讲习所演说词（节录）

（1920年6月13日）

文章的开始，必是语体；后来为要便于记诵，变作整齐的句读，抑扬的音韵，这就是文言了。古人没有印刷，抄写也苦繁重，不得不然。孔子说言之不文，行而不远，就是这个缘故。但是这种句读、音调，是与人类审美的性情相投的，所以愈演愈精，一直到六朝人骈文，算是登峰造极了。物极必反，有韩昌黎、柳柳州等提倡古文，这也算文学上一次革命，与欧洲的文艺中兴一样。看韩柳的传志，很看得出表示特性的眼光与手段，比东汉到唐朝的碑文，进步得多了。这一次进步，仿佛由图案画进为实物画山水画的样子：从前是拘定均齐节奏，与颜色的映照，现在不拘此等，要按着实物、实景来安排了。

但是这种文体，传到宋元时代，又觉得与人类的心情

不能适应，所以又有《水浒》《三国演义》等语体小说与演义。罗贯中的思想与所描写的模范人物，虽然不见得高妙，但把他所描写的，同陈承祚的原文或裴注所引的各书对照，觉得他的文体是显豁得多。把《水浒》同唐人的文言小说比较，那描写的技能，更显出大有进步。这仿佛西洋美术，从古典主义进到写实主义的样子：绘影绘光，不像从前单写通式的习惯了。

但是许多语体小说里面，要算《石头记》是第一部。他的成书总在二百年以前。他反对父母强制的婚姻，主张自由结婚；他那表面上反对肉欲，提倡真挚的爱情，又用悲剧的哲学的思想来打破爱情的缠缚；他反对禄蠹，提倡纯粹美感的文学。他反对历代阳尊阴卑、男尊女卑的习惯，说男污女洁，且说女子嫁了男人，沾染男人的习气，就坏了。他反对主奴的分别，贵公子与奴婢平等相待。他反对富贵人家的生活，提倡庄稼人的生活。他反对厚貌深情，赞成天真烂漫。他描写鬼怪，都从迷信的心理上描写，自己却立在迷信的外面。照这几层看来，他的价值已经了不得了。这种表面的长处还都是假象。他实在把前清康熙朝的种种伤心惨目的事实，寄托在香草美人的文字，所以说“满纸荒唐言，一把辛酸泪”。他还把当时许多琐碎的事，都改变面目，穿插在里面。这是何等才情！何等

笔力！我看过的书，只有德国第一诗人鞠台所著的《缶斯脱（Faust）》〔一〕可与比拟。《缶斯脱》是鞠台费了六十余年的光阴慢慢儿著成的。表面上也讲爱情，讲宗教，讲思想行为的变迁，里面寄托他的文化观、宇宙观。成书后到此刻是九十年了，注释的已经有数十家。大学文学科教授，差不多都有讲这个剧本的讲义，还没有定论。不是与我们那些《红楼梦》索隐、释真等等纷杂相像么？《石头记》是北京话，虽不能算是折衷的语体，但是他在文学上的价值，是没有别的书比得上他，又是我平日间研究过的，所以特别的介绍一回。

（《蔡元培全集》第四卷）

〔一〕 即歌德《浮士德》。

论国文的趋势及国文与外国语及科学的关系（节录）

——在北京高等师范学校国文部演说词

（1920年10月）

并且文学用白话，不是现在中国才发生的。欧洲十六世纪以前，都用拉丁文。就是主张实用科学的培根，也还用拉丁文著书，其他可想而知了。从宗教改革时代，路德等用国语翻译《新旧约》，后来又有多数国民文学家主张国民文学，便一概用国语了。又如德国十八世纪以前，崇尚法语，几乎不认德语有文学上价值；后来雷兴等提倡德语著书，居然自成一种文学了。所以现在科学，就只有动植物、医术上的名词是拉丁文，其余一概不用。我们中国文言，同拉丁文一样，所以我们不能不改用白话。即如我们中国的司马迁，是人人很崇拜的。假使现在有一个司马

迁，人就佩服的了不得。可是他作《史记》，不抄袭《尚书》，《尚书》上“钦”字他改作“敬”，“克”字他改作“能”，又改了他的句调。因为他作《史记》是给当时人看的，所以一定要改作当时的白话。后来如程、朱、陆、王的语录，完全用白话，不像扬雄模仿《论语》的样子。因为白话实在能够发表他自己正确的意见。又如后来施耐庵的《水浒》、曹雪芹的《红楼梦》，都不模仿唐人小说，可是他的价值还是不错。所以我们现在不必模仿古文，亦不必作那种图案的文章；凡是记述说明，必要用白话才对。虽现在白话的组织不完全，可是我们决不可错了这个趋势。现在高等师范联合会通过“用国语”一条；这边高师亦有国语班；听说教育部决定中学国文兼采白话文。将来白话文的发达，很有希望了。

（《蔡元培全集》第四卷）

美术的进化（节录）

（1920年10月29日）

人身底装饰品极多。如《红楼梦》上说，湘云替宝玉结辫，用几粒珠子，还有些东西插在头上。现在我们剪发，有平头、分头、陆军头等区别。衣服有礼服、常服的分别。做衣服的材料，样子极多。但因政治上的关系，或时间上的关系，男子装饰的时间比女子少些。巴黎女人底衣服，花样极多。可算世界各国底女衣服底模范。男子底衣服以伦敦为模范。女人喜欢用珠子宝石等物作装饰美术品。清朝底官吏，戴红、蓝、白各色的顶子，这都是野蛮人底遗迹，美术未进化的表现。

美术初为诗歌、音乐，次为小调，次为文字，再次变为一诗词，内容有美亦有音调。二神话，如寓言聊斋等

类。三小说，如唐人小说、元时底《水浒》、清朝底《红楼梦》。四戏本。

（素颐编:《民国美术思潮论集》，上海书画出版社 2014 年版）

1921 年日记

1921 年 3 月 2 日（节录）

晚，应巴黎大学校长埃贝尔（Appelle）所约之晚餐会，座有班乐卫、欧乐、陈仁先、顾少川、高叔钦诸君。埃校长演说，注重于北大废院存系之办法，对于我个人之著作，尤注意于《石头记索隐》。我之答词说，中法文化相类似及将来互助而进步。请高君译成法语。

（《蔡元培全集》第十六卷）

致胡适

（1921 年 9 月 25 日）

《考证》已读过。所考曹雪芹家世及高兰墅轶事等，甚佩。然于索隐一派，概以“附会”二字抹煞之，弟尚未能赞同。弟以为此派之谨严者，必与先生所用之考证法并行不悖。稍缓当详写奉告。

（《蔡元培全集》第十一卷）

附录　胡适 1921 年 9 月 25 日日记（节录）

与蔡先生谈话。前几天，我送他一部《红楼梦》，他复信说:《考证》已读过。所考曹雪芹家世及高兰墅轶事等，甚佩。然于索隐一派，概以“附会”二字抹煞之，弟

尚未能赞同。弟以为此派之谨严者，必与先生所用之考证法并行不悖。稍缓当详写奉告。此老也不能忘情于此，可见人各有所蔽，虽蔡先生也不能免。

（曹伯言整理:《胡适日记全编》第 3 册，
安徽教育出版社 2001 年版）

致胡适

（1922年1月4日）

适之先生大鉴：

承赐大著《胡适文存》四册，拜领，谢谢！虽未遑即全读，亟检《红楼梦考证》读之，材料更增，排比亦更顺矣。弟对于“附会”之辨，须俟出院后始能为之。公所觅而未得之《四松堂集》与《懋斋诗抄》，似可托人向晚晴簃诗社一询。弟如有便，亦当询之。……

弟蔡元培敬启　一月四日

（《蔡元培全集》第十一卷）

《石头记索隐》第六版自序

——对于胡适之先生《红楼梦考证》之商榷

（1922 年 1 月 30 日）

余之为此索隐也，实为《郎潜二笔》中徐柳泉之说所引起。柳泉谓宝钗影高澹人，妙玉影姜西溟。余观《石头记》中写宝钗之阴柔、妙玉之孤高，与高、姜二人之品性相合。而澹人之赗金豆，以金锁影之。其假为落马坠积潴中，以薛蟠之似泥母猪影之。西溟之热中科第，以走魔入火影之。其瘐死狱中，以被劫影之。又以“妙”字“玉”字影“姜”字“英”字，以“雪”字影“高”字。知其所寄托之人物，可用三法推求：一、品性相类者。二、轶事有征者。三、姓名相关者。于是以湘云之豪放而推为其年，以惜春之冷僻而推为荪友，用第一法也。以宝玉曾逢魔魇而推为允礽，以凤姐哭向金陵而推为国柱，用第二法也。

以探春之名与探花有关而推为健庵。以宝琴之名与学琴于师襄之故事有关而推为辟疆，用第三法也。然每举一人，率兼用三法或两法，有可推证，始质言之。其他若元春之疑为徐元文，宝蟾之疑为翁宝林，则以近于孤证，姑不列入。自以为审慎之至，与随意附会者不同。近读胡适之先生之《红楼梦考证》，列拙著于“附会的红学”之中，谓之“走错了道路”，谓之“大笨伯”“笨谜”，谓之“很牵强的附会”，我殊不敢承认。或者我亦不免有敝帚千金之俗见，然胡先生之言，实有不能强我以承认者。今贡其疑于左：

（一）胡先生谓“向来研究这部书的人都走错了道路。……不去搜求那些可以考定《红楼梦》的著者、时代、版本等等的材料，却去收罗许多不相干的零碎史事来附会《红楼梦》里的情节”。又谓“我们只须根据可靠的版本与可靠的材料，考定这书的著者究竟是谁，著者的事迹家世、著书的时代，这书曾有何种不同的本子，这些本子的来历如何，这些问题，乃是《红楼梦》考证的正当范围”。案考定著者、时代、版本之材料，固当搜求。从前王静庵先生作《红楼梦评论》，有云：“作者之姓名（遍考各书，未见曹雪芹何名）与作书之年月，其为读此书者所当知，似更比主人公之姓名为尤要。顾无一人为之考证者，此则大不可解者也。”又云：“苟知美术之大有造于人

生，而《红楼梦》自足为我国美术上之唯一大著述，则其作者之姓名与其著书之年月，固为唯一考证之题目。”

今胡先生对于前八十回著作者曹雪芹之家世及生平与后四十回著作者高兰墅之略历，业于短时期间搜集多许材料，诚有功于《石头记》，而可以稍释王静庵先生之遗憾矣。

惟吾人与文学书最密切之接触，本不在作者之生平，而在其著作。著作之内容，即胡先生所谓“情节”者，决非无考证之价值。例如我国古代文学中之楚辞，其作者为屈原、宋玉、景差等，其时代在楚怀王、襄王时，即西历纪元前三世纪顷，久为昔人所考定。然而“善鸟香草以配忠贞，恶禽臭物以比谗佞，灵修美人以媲于君，虙妃佚女以譬贤臣，虬龙鸾凤以托君子，飘风云霓以为小人”，为王逸所举者，固无非内容也。

其在外国文学，如Shakespeare之著作，或谓出Bacon手笔，遂生“作者究竟是谁”之问题。至如Goethe之著《*Faust*》，则其所根据之神话与剧本及其六十年间著作之经过，均为文学史所详载，而其内容，则第一部之Gretchen或谓影Elsassirin Friederike（Bielschowsky之说），或谓影Frankfurter Gretchen（Kuno Fischer之说），第二部之Walpurgisnacht一节，为地质学理论，Heleua一节，为文化交通问题，Euphorion为英国诗人Byron之影

子（各家略同）。皆情节上之考证也。

俄之托尔斯泰，其生平、其著作之次第皆无甚疑问，近日张邦铭、郑阳和两先生所译英人 Sarolea 之《托尔斯泰传》有云："凡其著作，无不含自传之性质。各书之主人翁，如伊尔屯尼夫、鄂仑玲、聂乞鲁多夫、赖文、毕索可夫等，皆其一己之化身。各书中所叙他人之事，莫不与其身有直接之关系。……《家庭乐》叙其少年时情场中之一事，并表其情爱与婚姻之意见。书中主人翁既求婚后，乃将少年狂放时之恶行，缕书不讳，授所爱以自忏。此事托尔斯泰于《家庭乐》出版三年后，向索利亚柏斯求婚时，实尝亲自为之。即《战争与和平》一书，亦可作托尔斯泰之家乘观。其中老乐斯脱夫即托尔斯泰之祖，小乐斯脱夫即其父，索利亚即其养母达善娜，尝两次拒其父之婚者。拿特沙药斯脱夫即其姨达善娜柏斯，毕索可夫与赖文，皆托尔斯泰用以自状，赖文之兄死，即托尔斯泰兄的米特利之死，《复活》书中聂乞鲁多夫之奇特行动，论者谓依心理未必能有者，其实即的米特利生平留于其弟心中之一纪念。的米特利娶一娼，与聂乞鲁多夫同也。"亦情节上之考证也。然则考证情节，岂能概目为附会而排斥之？

（二）胡先生谓拙著《索隐》所阐证之人名，多是"笨谜"，又谓"假使一部《红楼梦》真是一串这么样的笨

谜，那就真不值得猜了”。案拙著阐证本事，本兼用三法，具如前述。所谓姓名关系者，仅三法中之一耳，即使不确，亦未能抹杀全书。

况胡先生所谥为笨谜者，正是中国文人习惯，在彼辈方以为必如是而后值得猜也。《世说新书》称曹娥碑后有“黄绢幼妇外孙齑臼”八字，即以当“绝妙好辞”四字。古绝句“藁砧今何在？山上复有山。何当大刀头，破镜飞上天”，以藁砧当夫，大刀头当还。《南史》记梁武帝时童谣有“鹿子开城门，城门鹿子开”等句，谓鹿子开者，反语为来子哭，后太子果薨。自胡先生观之，非皆笨谜乎？《品花宝鉴》以侯石公影袁子才，侯与袁为猴与猿之转借，公与子同为代名词，石与才则自“天下才有一石，子建独占八斗”之语来。《儿女英雄传》自言十三妹为玉字之分析，非经说破，已不易猜。又以纪献唐影年羹尧，纪与年、唐与尧，虽尚简单，而献与羹则自“犬曰羹献”之文来。自胡先生观之，非皆笨谜乎？

即如《儒林外史》之庄绍光即程绵庄，马纯上即冯粹中，牛布衣即朱草衣，均为胡先生所承认（见胡先生所著《吴敬梓传》及附录）。然则金和跋中之所指目，殆皆可信。其中如因范蠡曾号陶朱公而以范当陶，因萬字俗写作万而以萬代方，亦非笨谜乎？然而安徽第一大文豪且用

之，安见汉军第一大文豪必不出此乎？

（三）胡先生谓拙著中刘姥姥所得之八两及二十两有了下落，而第四十二回王夫人所送之一百两没有下落，谓之“这种完全任意的去取，实在没有道理”。案《石头记》凡百二十回，而余之索隐尚不过数十则，有下落者记之，未有者姑阙之，此正余之审慎也。若必欲事事证明而后可，则《石头记》自言著作者有石头、空空道人、孔梅溪、曹雪芹等，而胡先生所考证者惟有曹雪芹；《石头记》中有多许大事，而胡先生所考证者惟南巡一事，将亦有任意去取、没有道理之诮与？

（四）胡先生以曹雪芹生平大端考定，遂断定《石头记》是“曹雪芹的自叙传”，“是一部将真事隐去的自叙的书”。“曹雪芹即是《红楼梦》开端时那个深自忏悔的我，即是书里甄贾（真假）两个宝玉的底本。”

案书中既云真事隐去，并非仅隐去真姓名，则不得以书中所叙之事为真。又使宝玉为作者自身影子，则何必有甄、贾两个宝玉？（鄙意甄、贾二字，实因古人有正统伪朝……习见而起。贾雨村举正邪两赋而来之人物，有陈后主、唐明皇、宋徽宗等，故疑甄宝玉影弘光，而贾宝玉影允礽也。）若因赵嬷嬷有甄家接驾四次之说，而曹寅适亦接驾四次，为甄家即曹家之确证，则赵嬷嬷又说贾

府只预备接驾一次，明在甄家四次以外，安得谓贾府亦即曹家乎？

胡先生因贾政为员外郎，适与员外郎曹頫相应，遂谓贾政即影曹頫，然《石头记》第三十七回贾政任学差之说，第七十一回有贾政回京覆命，因是学差，故不敢先到家中云云，曹頫固未闻曾放学差也。

且使贾府果为曹家影子，而此书又为雪芹自写其家庭之状况，则措词当有分寸。今观第十七回焦大之谩骂〔一〕，第六十六回柳湘莲道："你们东府里，除了那两个石头狮子干净罢了。"似太不留余地。

且许三礼奏参徐乾学，有曰："伊弟拜相之后，与亲家高士奇更加招摇，以致有'去了余秦桧（余国柱），来了徐严嵩。乾学似庞涓，是他大长兄'之谣。又有'五方宝物归东海，万国金珠贡澹人'之对。"云云。今观《石头记》第五十五回，有"刚刚倒了一个巡海夜叉，又添了三个镇山太岁"之说。第四回有"贾不假，白玉为堂金作马。阿房宫，三百里，住不了金陵一个史。东海少了白玉床，龙王来请金陵王。丰年好大雪，珍珠如土金如铁"之护官符。显然为当时一谣一对之影子，与曹家无涉。

〔一〕 当为第七回。

故鄙意《石头记》原本，必为康熙朝政治小说，为亲见高、徐、余、姜诸人者所草，后经曹雪芹增删，或亦许插入曹家故事，要未可以全书属之曹氏也。

民国十一年一月三十日　蔡元培

（《石头记索隐》，商务印书馆 1922 年第六版）

附录　胡适：答蔡孑民先生的商榷

（1922 年 5 月 10 日）

蔡孑民先生的《石头记索隐第六版自序》是对于我的《红楼梦考证》的一篇“商榷”。他说：

> 知其（《红楼梦》）所寄托之人物，可用三法推求：一，品性相类者。二，轶事有征者。三，姓名相关者。于是以湘云之豪放而推为其年，以惜春之冷僻而推为荪友，用第一法也。以宝玉逢魔魇而推为允礽，以凤姐哭向金陵而推为余国柱，用第二法也。以探春之名与探花有关而推为健庵，以宝琴之名与孔子学琴于师襄之故事有关而推为辟疆，用第三法也。然每举一人，率兼用三法或两法，有可推证，

> 始质言之。其他如元春之疑为徐元文，宝蟾之疑为翁宝林，则以近于孤证，始不列入。自以为审慎之至，与随意附会者不同。近读胡适之先生《红楼梦考证》，列拙著于“附会的红学”之中，谓之“走错了道路”，谓之“大笨伯”，“笨谜”；谓之“很牵强的附会”；我实不敢承认。

关于这一段“方法论”，我只希望指出蔡先生的方法是不适用于《红楼梦》的。有几种小说是可以采用蔡先生的方法的。最明显的是《孽海花》。这本是写时事的书，故书中的人物都可用蔡先生的方法去推求：陈千秋即是田千秋，孙汶即是孙文，庄寿香即是张香涛，祝宝廷即是宝竹坡，潘八瀛即是潘伯寅，姜表字剑云即是江标字剑霞，成煜字伯怡即是盛昱字伯熙。其次，如《儒林外史》，也有可以用蔡先生的方法去推求的。如马纯上之为冯粹中，庄绍光之为程绵庄，大概已无可疑。但这部书里的人物，很有不容易猜的；如向鼎，我曾猜是商盘，但我读完《质园诗集》三十二卷，不曾寻着一毫证据，只好把这个好谜牺牲了。又如杜少卿之为吴敬梓，姓名上全无关系；直到我寻着了《文木山房集》，我才敢相信。此外，金和跋中举出的人，至多不过可供参考，不可过于信任（如金和

说吴敬梓诗集未刻，而我竟寻着乾隆初年的刻本)。《儒林外史》本是写实在人物的书，我们尚且不容易考定书中人物，这就可见蔡先生的方法的适用是很有限的了。大多数的小说是决不可适用这个方法的。历史的小说如《三国志》，传奇的小说如《水浒传》，游戏的小说如《西游记》，都是不能用蔡先生的方法来推求书中人物的。《红楼梦》所以不能适用蔡先生的方法，顾颉刚先生曾举出两个重要理由：

> （1）别种小说的影射人物，只是换了他姓名，男还是男，女还是女，所做的职业还是本人的职业。何以一到《红楼梦》就会男变为女，官僚和文人都会变成宅眷？
>
> （2）别种小说的影射事情，总是保存他们原来的关系。何以一到《红楼梦》，无关系的就会发生关系了？例如蔡先生考定宝玉为允礽，黛玉为朱竹垞，薛宝钗为高士奇，试问允礽和朱竹垞有何恋爱的关系？朱竹垞与高士奇有何吃醋的关系？

顾先生这话说的最明白，不用我来引申了。蔡先生曾说："然而安徽第一大文豪（指吴敬梓）且用之，安见汉军第

一大文豪必不出此乎？”这个比例（类推）也不适用，正因为《红楼梦》与《儒林外史》不是同一类的书。用“品性、轶事、姓名”三项来推求《红楼梦》里的人物，就像用这个方法来推求《金瓶梅》里西门庆的一妻五妾影射何人：结果必是一种很牵强的附会。

我对于蔡先生这篇文章，最不敢赞同的是他的第二节。这一节的大旨是：

> 惟吾人与文学书，最密切之接触，本不在作者之生平，而在其著作。著作之内容，即胡先生所谓“情节”者，决非无考证之价值。

蔡先生的意思好像颇轻视那关于“作者之生平”的考证。无论如何，他的意思好像是说，我们可以不管“作者之生平”，而考证“著作之内容”。这是大错的。蔡先生引《托尔斯泰传》中说的“凡其著作无不含自传之性质；各书之主人翁……皆其一己之化身；各书中所叙他人之事，莫不与其己身有直接之关系。”试问作此传的人若不知“作者之生平”，如何能这样考证各书的“情节”呢？蔡先生又引各家关于 Faust 的猜想，试问他们若不知道 Goethe 的“生平”，如何能猜想第一部之 Gretchen 为谁呢？

我以为作者的生平与时代是考证“著作之内容”的第一步下手工夫。即如《儿女英雄传》一书，用年羹尧的事做背景，又假造了一篇雍正年间的序，一篇乾隆年间的序。我们幸亏知道著者文康是咸丰、同治年间人；不然，书中提及《红楼梦》的故事，又提及《品花宝鉴》（道光中作的）里的徐度香与袁宝珠，岂不都成了灵异的预言了吗？即如旧说《儒林外史》里的匡超人即是汪中。现在我们知道吴敬梓死于乾隆十九年，而汪中生于乾隆九年，我们便可以断定匡超人决不是汪中了。又旧说《儒林外史》里的牛布衣即是朱草衣。现在我们知道朱草衣死在乾隆二十一二年，那时吴敬梓已死了二三年了，而《儒林外史》第二十回已叙述牛布衣之死，可见牛布衣大概另是一人了。

因此，我说，要推倒“附会的红学”，我们必须搜求那些可以考定《红楼梦》的著者、时代、版本等等的材料。向来《红楼梦》一书所以容易被人穿凿附会，正因为向来的人都忽略了“作者之生平”一个大问题。因为不知道曹家有那样富贵繁华的环境，故人都疑心贾家是指帝室的家庭，至少也是指明珠一类的宰相之家。因为不深信曹家是八旗的世家，故有人疑心此书是指斥满洲人的。因为不知道曹家盛衰的历史，故人都不信此书为曹雪芹把真事

隐去的自叙传。现在曹雪芹的历史和曹家的历史既然有点明白了，我很盼望读《红楼梦》的人都能平心静气的把向来的成见暂时丢开，大家揩揩眼镜来评判我们的证据是否可靠，我们对于证据的解释是否不错。这样的批评，是我所极欢迎的。我曾说过：

> 我在这篇文章里，处处想撇开一切先入的成见；处处存一个搜求证据的目的；处处尊重证据，让证据做乡导，引我到相当的结论上去。

此间所谓“证据”，单指那些可以考定作者、时代、版本等等的证据；并不是那些“红学家”随便引来穿凿附会的证据。若离开了作者、时代、版本等项，那么，引《东华录》与引《红礁画桨录》是同样的“不相干”；引许三礼、郭琇与引冒辟疆、王渔洋是同样的“不相干”。若离开了“作者之生平”而别求“性情相近，轶事有征，姓名相关”的证据，那么，古往今来无数万有名的人，那一个不可以化男成女搬进大观园里去？又何止朱竹垞、徐健庵、高士奇、汤斌等几个人呢？况且板儿既可以说是廿四史，青儿既可以说是吃的韭菜，那么，我们又何妨索性说《红楼梦》是一部《草木春秋》或《群芳谱》呢？

亚里士多德在他的《尼可马铿伦理学》里（部甲，四，一〇九九 a），曾说：

> 讨论这个学说（指柏拉图的“名象论”）使我们感觉一种不愉快，因为主张这个学说的人是我们的朋友。但我们既是爱智慧的人，为维持真理起见，就是不得已把我们自己的主张推翻了，也是应该的。朋友和真理既然都是我们心爱的东西，我们就不得不爱真理过于爱朋友了。

我把这个态度期望一切人，尤其期望我所最敬爱的蔡先生。

十一，五，十。

（《努力周报》第一期［1922 年 5 月 7 日］、第二期［5 月 14 日］）

致胡适（节录）

（1922年2月17日）

承索《石头记索隐》第六版自序，奉上，请指正。

（《蔡元培全集》第十一卷）

致胡适

（1922年4月20日）

适之先生：

近日向晚晴簃借得《四松堂集》一部，凡五册（问《懋斋诗抄》则无之）。其中关涉曹雪芹者，自先生从《熙朝雅颂集》中抄出两诗（第一首“蓟门落日松亭尊”，下注“时余在喜峰口”，据《敬亭小传》“彼以丁丑住喜峰口”；又“扬州旧梦久已觉”，下注“雪芹曾随其先祖寅织造之任”，亦可为雪芹是寅孙之证）及杨雪桥采《笔尘》一条入诗话外，仅有两条：

（一）卷三，《寄大兄》：“……每思及故人，如立斋、复翁、雪芹、寅圃、贻谋、汝猷、益庵、紫树，不数年间，皆荡为寒烟冷霜，……半百将至，‘鬓发苍黄牙齿疏，不觉身年四十七’，乐天岂为弟咏乎？”

（二）同卷，《哭复斋》：“……未知先生与寅圃、雪芹诸子相逢于地作如何言矣。”其与雪芹并举，数人中惟紫树卒年可考。《祭龚紫树文》：“甲午重九……遂遗编纻。……所恨者与兄交止三年耳。”是紫树卒年为丙申，即乾隆四十一年，即西历一七七六年，雪芹之卒，或在其前，然亦在数年以内也。

敦敏所作《敬亭》小传有云：后五十五岁得祥明，……何方逾三年而吾弟即先长逝耶！”是敦诚以五十八岁卒，为乾隆五十六年（一七九一）。

其《寄大兄》之书作于四十七岁，为乾隆四十五年（一七八〇）。雪芹之卒在其前数年，则在一七七〇与一七八〇之间矣。

先生如一读此集，或更有所发见，特奉上。但请早阅毕，早赐还耳。

（《蔡元培全集》第十一卷）

致胡适（节录）

（1922年4月21日）

适之先生大鉴：

惠书及《四松堂集》《汉律考》《康南海诗集》，均收到。赐示日记，得见四松堂未刻诗之关于曹雪芹者，甚幸。谢谢！

（《蔡元培全集》第十一卷）

附一　胡适与蔡元培书

（1922年4月21日）

孑民先生：

《四松堂集》五册，已翻过。敬奉还。

稿本题上贴有红笺者，刻本皆未收，此可见稿本之可贵。今送上《日记》六页，记有刻本未收的材料，阅后请掷还。稿本尚未买定，须稍缓始奉呈。

另奉还《南海诗集》一本，《汉律考》四本，久假不归，甚歉。

适十一，四，二十一

（耿云志主编：《胡适遗稿及秘藏书信》第16册，黄山书社1994年版）

附二　胡适1922年4月21日日记（节录）

今天蔡先生送来他从晚晴簃（徐世昌的诗社）借来的《四松堂集》五册，系刻本，分五卷：

卷一，诗一百三十七首。

卷二，诗一百四十四首。

卷三，论、序、跋、题、书、传、记，三十四首。

卷四，记、行述、哀辞、祭文、说，十九首。

卷五，《鹪鹩庵笔麈》八十一则。

抄本前有嵩山永恚、纪昀、山左刘大观三序。刻的只有纪序。凡抄本上没有“刻”字的，果然都不曾刻。此可见

稿本的可贵。然三日之中，两本都到我手里，岂非大奇！

（曹伯言整理：《胡适日记全编》第 3 册，安徽教育出版社 2001 年版）

附三　胡适：《四松堂集》题记

（1922 年 4 月 25 日）

《四松堂集》四册，《鹪鹩庵笔麈》一册，《杂志》一册，民国十一年四月买的，价叁拾圆。

我访求此书，已近一年，竟不能得。去年夏间在上海，我曾写信去问杨钟羲先生借此书，他回信说辛亥乱后失落了。

今年四月十九日，松筠阁书店在一个旗人延某家寻着这一部稿本，我仔细翻看，见集中凡已刻的诗文，题上都有“刻”字的戳子，凡未收入刻本的，题上的都帖小红笺。我就知道此本虽为当日付刻的底本，但此本的内容多有为刻本所未收的，故更可宝贵。

即如第一册《赠曹芹圃》一首，不但《熙朝雅颂集》《雪桥诗话》都不曾收，我可以推测《四松堂集》刻本也不曾收。

又如同册《挽曹雪芹》一首，不但题上帖有红笺而无

“刻”字，可证其为刻本所不曾收，并且题下注“甲申”二字，帖有白笺，明是编者所删。此诗即便收入刻本而删此“甲申”二字，便减少多少考证的价值了。

我的狂喜还不曾歇，忽然四月二十一日蔡元培先生向晚晴簃诗社里借来《四松堂集》的刻本五卷，计：

卷一，诗一百三十七首；

卷二，诗一百四十四首；

卷三，文三十四首；

卷四，文十九首；

卷五，《笔麈》八十一则。

卷首止刻纪昀一序，和敦敏的小传；凡此本不曾打“刻”字戳子的，果然都不曾收入。

三日之中，刻本与稿本一齐到我手里，岂非大奇！况且世间只有此一个底本，居然到我手里，这也是我近年表章曹雪芹的一点苦心的很大酬报了。

今天买成此书。我先已把书中的重要材料都考证过了，本无出重价买此书的必要，但书店的人为我访求此书，功劳不少，故让他赚几个钱去。

十一、四、二五，胡适。

（宋广波编校：《胡适论红楼梦》，商务印书馆 2021 年版）

1923年日记

1923年4月25日（节录）

阅俞平伯所作《红楼梦辨》，论高鹗续书依据及于戚本中求出百十一本，甚善。

（《蔡元培全集》第十六卷）

1923年4月27日（节录）

唐六如与林黛玉一章，考出葬花事本于《六如集》。

（《蔡元培全集》第十六卷）

1923年4月29日

王静庵来。

阅张含广所辑《带经堂诗话》。卷六总集门三《分甘余话》："海盐胡孝辕辑《唐音统签》，自甲迄癸，凡千余卷。康熙四十四年，上命购其全书，令织造府兼理盐课通政使曹寅鸠工刻于广陵，胡氏遗书，幸不湮没。然版藏内府，人间亦无从而见之也。"

（《蔡元培全集》第十六卷）

1923年5月4日（节录）

（《带经堂诗话》卷二十六）十二叶，"闽陈宝钥，字绿厓，观察青州。一日燕生斋中，忽有小鬟，年可十四五，姿首甚美。搴帘入，曰：'林四娘见。'陈惊愕，莫知所以。逡巡间，四娘已至前万福。蛮髻朱衣，绣半臂，凤嘴靴，腰佩双剑。陈疑其仙侠，不得已，揖就坐。四娘曰：'妾故衡王宫嫔也。生长金陵。衡王昔以千金聘妾入后宫，宠绝伦辈。不幸早死，殡于宫中。不数年，国

破，遂北去。妾魂魄犹恋故墟，今宫殿荒芜，聊欲假君亭馆延客。固无益于君，亦无所损于君，愿无疑焉。’陈唯唯。自是，日必一至。每张筵，初不见有宾客，但闻笑语酬酢。久之，设具宴陈及陈乡人，公车者十数辈咸在座。嘉肴旨酒，不异人世，然亦不知何以至也。酒酣，四娘叙述宫中旧事，悲不自胜，引节而歌，声甚哀怨，举座沾衣，罢酒。如是年余，一日，黯然有离别之色，告陈曰：‘妾尘缘已尽，当往终南。以君情谊厚，来取别耳！’自后遂绝。有诗一卷，长山李五弦司寇（代熙）有写本云。又程周量《会元记》其一诗云：‘静琐深宫忆往年，楼台箫鼓遍烽烟。红颜力弱难为厉，黑海心悲只学禅。细读莲花千百偈，闲看贝叶两三篇。梨园高唱□□□，君试听之亦惘然。’（《池北偶谈》）”元培案：《石头记》之姽婳将军林四娘本此，惟改衡王为恒王。又此文是四娘早死，而《石头记》则言恒王战死而四娘为之复仇，又加以将军之号，殆因凤靴、佩剑而附会之。

（《蔡元培全集》第十六卷）

1923年10月10日（节录）

得菊生函，并告《石头记索隐》版权费已积有二百余元。

（《蔡元培全集》第十六卷）

五十年来中国之哲学（节录）

（1923年12月）

王氏〔一〕又有《书叔本华遗传说后》一篇，驳叔氏“吾人之性质好尚，自父得之，而知力之种类及程度，由母得之”的说明。又于《释理》及《红楼梦评论》，皆用叔氏哲学作根据，对于叔氏的哲学，研究固然透彻，介绍也很扼要。

（《蔡元培全集》第五卷）

〔一〕 指王国维。

自书简历（节录）

（1923年秋1924年间）

著有《中学修身教科书》《中国伦理学史》《哲学大纲》《简易哲学纲要》《石头记索隐》等书。又，北京大学学生所设新潮社印有《蔡孑民先生言行录》。

（《蔡元培全集》第五卷）

《红楼梦本事辨证》序

（1926 年 6 月 30 日）

余所草《石头记索隐》，虽注重于金陵十二钗所影之本人，而于当时大事，亦认为记中有特别影写之例。如董妃逝而世祖出家，即黛玉死而宝玉为僧之本事；允礽被喇嘛用术魇魔，即嫂叔逢魔魇之本事。亦尝分条举出。惟不以全书为专演此两事中之一而已。王梦阮、沈瓶庵二君所著之《红楼梦索隐》，以全书为演董妃与世祖事，已出版十五年矣。同乡寿椝林先生新著《红楼梦本事辨证》，则以此书为专演清世宗与诸兄弟争立之事；虽与余所见不尽同，然言之成理，持之有故。此类考据，本不易即有定论；各尊所闻以待读者之继续研求，方以多歧为贵，不取苟同也。先生不赞成胡适之君以此书为曹雪芹自述生平之说，余所赞同。以增删五次之曹雪芹，为非曹霑而即著

《四焉斋集》之曹一士，尤为创闻，甚有继续研讨之价值。因怂恿付印，以公同好。

十五年六月三十日蔡元培

（寿鹏飞:《红楼梦本事辨证》，商务印书馆 1927 年版）

二十五年来中国之美育（节录）

（1931年5月）

文学革命的风潮，托始于《新青年》。在二十五年前，曾有一时期，各省均办白话报，以林獬（后改名林万里）、陈敬第等所主持之杭州《白话报》为最著，然当时不过以白话为通俗教育的工具，并不认为文学。自《新青年》时代，胡适、陈独秀、钱玄同、周作人等，始排斥文言的文学，而以白话文为正宗的文学，其中尤以胡适为最猛进，作《白话文学史》，以证明白话的声价，于是白话散文，遂取向日所谓古文者而代之。至于白话诗与剧本，虽亦有创作与翻译的尝试，但未到成熟时期，于社会尚无何等显著的影响。最热闹的是小说。第一，是旧小说的表彰：如《水浒》《红楼梦》《儒林外史》等，都有人加以新式评点，或考定版本源流。唐以后的短篇，宋以后的平话，或汇成

从刻，或重印孤本，都有销行的价值。第二，是外国小说的翻译：林纾与魏易等合译小说，是二十五年以前的事，不过取其新奇可喜而已。最近几年，译本的数量激增，其中有关系之作，自然不少，如《少年维特之烦恼》《工人绥惠略夫》等，影响于青年之心理颇大。第三，是文学家的创作：此时期中，以创作自命者颇多。举其最著者，鲁迅（周树人）的《呐喊》《彷徨》等集，以抨击旧社会劣点为的，而文笔的尖刻，足以副之，故最受欢迎。而茅盾（沈雁冰）的《动摇》《追求》《幻灭》，亦颇轰动一时。新进作家最有希望的沈从文著有《蜜柑集》等，也是被人传诵的。

（《蔡元培全集》第七卷）

三十五年来中国之新文化（节录）

（1931年6月15日）

文学的革新，起于戊戌（民元前十四年）；一方面梁启超、夏曾佑、谭嗣同等用浅显恣肆的文章，畅论时务，打破旧日古文家拘守义法、模仿史、汉、韩、苏的习惯；一方面林獬、陈敬第等发行白话报，输灌常识于民众；但皆不过以此为智育的工具，并没有文学革命的目标。至民国七年，胡适、陈独秀、钱玄同、周作人等，始排斥文言的文学，而以白话文为正宗的文学。其中尤以胡适为最猛进，作《白话文学史》以证明白话的声价；于是白话散文逐有凌驾古文的趋势。至于白话诗与剧本，虽亦有创作与翻译的尝试，但未到成熟时期，于社会上尚无何等显著的影响。最热闹的是小说：第一、是旧小说的表彰，如《水浒》《红楼梦》《儒林外史》等，都有人加以新式标点，或

考定版本异同。唐以后的短篇，宋以后的平话，或辑成汇编，或重印孤本，均有销行的价值。第二、是外国小说的翻译，林纾与魏易合译英文小说数十种，为兹事发端。最近几年，译本的数量激增，其中如《少年维特之烦恼》《工人绥惠略夫》《沙宁》等，影响于青年的心理颇大。第三是文学家的创作，这一时期中，以创作自命的颇多，举其最著的：鲁迅的《阿Q正传》等，以抨击旧社会劣点为目的，而文笔尖刻，足投时好。而茅盾的《动摇》《追求》《幻灭》，亦颇轰动一时。新进作家沈从文著有《蜜柑集》等，也是被人传诵的。至于文学期刊，最近几年，时作时辍的甚多；其中能持久而自成一派的，如《小说月报》的平正，《语丝》的隽永，《新月》的犀利，《真善美》的凝炼，均有可观。

（《蔡元培全集》第七卷）

1934年9月13日日记（节录）

张君子敬贻我徐仲可同年《康居笔记汇函》，阅之。三十六叶，称故宫凡十三所。十三叶，绛雪轩，为高宗与廷臣赋诗之所，隆裕后以之为休憩室，逊帝尝宴外宾于此，今日茶会亦在是，云云。案《石头记》中有白雪红梅及梦兆绛芸轩等回目。

（《蔡元培全集》第十六卷）

追悼曾孟朴先生（节录）

（1935年8月3日）

我是最喜欢索隐的人，曾发表过《石头记索隐》一小册。但我所用心的，并不只《石头记》，如旧小说《儿女英雄传》《品花宝鉴》，以至于最近出版的《轰天雷》《海上花列传》等，都是因为有影事在后面，所以读起来有趣一点。《孽海花》出版后，觉得最配我的胃口了，他不但影射的人物与轶事的多，为以前小说所没有，就是可疑的故事，可笑的迷信，也都根据当时一种传说，并非作者捏造的。加以书中的人物，半是我所见过的；书中的事实，大半是我所习闻的，所以读起来更有趣。

（《蔡元培全集》第八卷）

1937—1939年日记

1937年2月22日（节录）

阅《雪桥诗话》续编第三卷竣。……五十六叶记“曹荔轩为完翁司空国玺子。完翁督织造，于金陵署旁构一亭，以为荔轩兄弟读书之所，手植楝树以为表识。完翁弃世，荔轩袭职南来……绘《楝亭图》，题咏甚富。康熙己卯南巡，止跸织造署，会庭中萱花开，为题‘萱瑞堂’三大字，以赐其寿母孙氏，冯山公为之作记，荔轩自称‘西堂扫花行者’……刊《全唐诗》《集韵》等书”。

（《蔡元培全集》第十七卷）

1937年3月4日（节录）

《石头记》：晴雯病补鹔鹴裘及被逐，殊影稼堂事，诗曰衮职有阙，惟仲山甫补之。

士奇至与明珠争宠，自矜独得帝旨，以门路独真，招摇公卿间，为其所嫉，自难安于职守。以士奇之人品，当时自好之士夫固应避之若浼，乃其空疏寡学，又实不足入大雅之林。

《石头记》中宝钗博学而薛蟠则不学，并写出奇之底与面也。

（《蔡元培全集》第十七卷）

1937年3月7日（节录）

阅《雪桥诗话》续集第六卷毕。……第二十三叶记敬亭王孙尝为《琵琶行传奇》一折，曹雪芹（霑）题句有云："白傅诗灵应喜甚，定教蛮素鬼排场。"雪芹为楝亭通政孙，平生为诗，大概如此，竟坎坷以终。敬亭挽雪芹诗，有"牛鬼遗文悲李贺，鹿车荷锸葬刘伶"之句。

（《蔡元培全集》第十七卷）

1937年3月20日

阅《雪桥诗话》三集第二卷竟。第一叶记宁武关周忠武（遇吉），力战捐躯，曹楝亭《铁冠图》“总戎别母”一出，观者无不欷歔。二十四叶记叠韵诗，自元白，春生、春深倡和各二十首，徐节孝《和路家新居》十五首、中峰禅师《梅花百咏》外，赵恒夫《林卧遥集》踵于章云四律原韵，叠至千首。中间如集药名、词名、数目、五色、八音等类，及回文、两头押韵，以两首作四首，俱极工巧。（旁加注：“黛玉、湘云联句之鹤。”）

第四十叶记马侍郎仲房《纪游西园诗》，内有芭蕉园者，殿名崇智，旧在承光殿南，而太液池、琼华岛皆列前后云。（旁加注：“探春为蕉下客。”）

顺治中于此改建佛宫，题曰“万善”，延名僧讲法其中，敕内臣十二人，薙发受具，列居左右。世庙宾天，仁皇未尝辄幸。第四十四叶记秦留仙召试咏鹤，有“高鸣常向月，善舞不迎人”之句。第十八叶记田山姜祖母张太君，年七十，引“未亡人”之称及《公羊春秋》“母不通”之义以却寿，在内言不出阃时代，良为难得，今则非其时矣。第三十八叶，记严藕渔病疟，口占六首，有“白首同

归旧姓陶”句，自注靖节以疟死。（旁加注：“大观园中佛殿及女冠。”）

又有云：“贫愧文园典鹔鹴，故人药裹又相将。”又记藕渔病窗口号云：“一编血碧未知稀，枉落廷评有是非。我忆田横门下士，挽歌凄断誓同归。”读嵇留山遗稿作也。（留山同范忠贞殉节）（旁加注：“晴雯补裘。”）

（《蔡元培全集》第十七卷）

1937 年 3 月 23 日（节录）

阅《雪桥诗话》三集第四卷竟。第十八至二十一叶，记曹子清题张见阳所临米元晖《五州烟雨图》及楝亭《夜话图》等诗。《夜话图》诗篇末有云：“家家争唱饮水词，纳兰小字几曾知？”兼感容若。见阳每画兰，必书容若词。子清又有《墨兰歌为见阳太守赋》。子清兄弟式好，有《思仲轩诗》。思仲，林仲也。侄颀，善画梅，能为长干，子清为题诗。子清官侍从时，与辇下诸公为长短句，所刻《楝亭词抄》，仅存百一。子清以通政视鹾政，理织造，兼校书局，刊《全唐诗》。竹垞《曝书亭集》，亦楝亭所刊。

（《蔡元培全集》第十七卷）

1937年4月11日（节录）

忆在北平时，曾向胡适之君借阅初、二集〔一〕，然仅检读有关曹雪芹各条，未及全读也。

（《蔡元培全集》第十七卷）

1937年6月10日

看王云五，付《丛书集成》款。（以两种股票利息及《石头记索隐》版税充之，又付四元余，合成二百二十四元。）

（《蔡元培全集》第十七卷）

1939年5月20日（节录）

得吴图南函，要求证明革命工作。得刘庆萱函，请

〔一〕 指《雪桥诗话》初集、二集。

我为香港中国妇女兵灾筹赈会顾问。又得刘庆萱函，属题《貂蝉》《红楼梦》二粤剧刊本。

（《蔡元培全集》第十七卷）

自写年谱（节录）

（1940年2月）

我在留德、留法时期，尝抽空编书，所编如《中国伦理学史》《哲学概论》等，均售稿于商务印书馆。惟《石头记索隐》，用租赁版权办法。

《石头记索隐》，是我读陈康祺《燕下乡脞录》，见有其师徐时栋（？）之说，以《石头记》之妙玉与薛宝钗为姜湛园、高江村之影子，因而依例推求，考得林黛玉影朱竹垞，探春影徐健庵，惜春影严藕渔（？），王熙凤影余国柱，宝玉影允礽，爱红就是爱汉化，均有事实可以比附。最难得的是第□□回之"刚去了巡山太岁，又来了探海夜叉"一谣，从"去了余秦桧，来了徐严嵩"化出来〔一〕，第

〔一〕 参见本书第35页。

□□回〔一〕之“丰年好大雪，珍珠如土金如铁。东海少了白玉床，龙王来请金陵王”之谣，从“四方宝物归东海，万国金珠贡澹人”化出来。所以我自信这本索隐，决不是牵强附会的。

（《蔡元培全集》第十七卷）

〔一〕 当为第四回。

附编

张元济致蔡元培（节录）

（1915年12月25日）

鹤庼吾兄有道：

本月二十三日接奉十一月十日手示，并《石头记》后半部，敬收悉。当即奉复一函，计必先此递到。

（《张元济全集》第3卷“书信”，商务印书馆2007年版）

张元济致蔡元培（节录）

（1916年11月22日）

兄前撰《红楼梦疏证》，奉示拟再加修饰，自为发行。前谷兄曾经谈及，并未有一定办法。现在上海同业发行《红楼梦索隐》一种，若大著此时不即出版，恐将来销路必为所占，且驾既回国，料亦未必再有余闲加以润饰，似不如即时出版为便。敞见著作权仍为尊有，照租赁著作权章程（附呈一分），版税照定价十分之一，似比自印自售较为简净，未知尊意以为何如？再如蒙俯允，拟将孟莼苏所著《董小宛考》附入后幅，此项定价可以除去计算。敬祈裁核示复，以便遵办。肃此，敬请台安。

弟张元济顿首

十一月廿二日

附呈《董小宛考》，乞察阅，阅过掷还。蒋竹翁亦先有信去问此事也。

（《张元济全集》第 3 卷“书信”，商务印书馆 2007 年版）

张元济 1916 年 11 月 22 日日记（节录）

问鹤庼，《红楼梦疏证》可否照租赁版权法办理，照定价抽版税十分之一。如可办，拟将《董小宛考》附入后幅，定价除出计算。并将该稿寄阅，乞阅后寄还。

（《张元济日记》，商务印书馆 2018 年版）

张元济致蔡元培（节录）

（1916年12月8日）

鹤公阁下：

前得复书，允将大著《石头记索隐》发行，谨悉。已请竹庄兄详细核校矣。

（《张元济全集》第3卷“书信”，商务印书馆2007年版）

张元济致蔡元培（节录）

（1919年9月4日）

顷奉本月一日手书，并《石头记索隐》版税收条，敬已收悉。

（《张元济全集》第3卷“书信”，商务印书馆2007年版）

王小隐：读红楼梦剩语（节录）

（1920年）

到了民国五年，蔡孑民先生作了部《石头记索隐》，说《红楼梦》是历史小说，暗射清初政治上的事情——都能够说出凭据来，识见要算加人一等的了——从此《红楼梦》的读法，就开了个新纪元，都要拿他来考证掌故。

（《新中国》第2卷第4期［1920年］）

胡适：《红楼梦》考证（初稿）（节录）〔一〕

（1921年3月27日）

第二派说《红楼梦》是清康熙的政治小说。这一派可用蔡孑民先生的《石头记索隐》作代表。蔡先生说：

> 《石头记》……作者持民族主义甚挚。书中本事在吊明之亡，揭清之失，而尤于汉族名士仕清者寓痛惜之意。当时既虑触文网，又欲别开生面，特于本事之上，加以数层障幕，使读者有“横看成岭侧成峰”之状况。（《石头记索隐》页一）
>
> 书中“红”字多隐“朱”字。朱者，明也，汉

〔一〕 胡适1921年11月12日写成的《红楼梦考证》改定稿这部分内容没有改动。

也。宝玉有“爱红”之癖，言以满人而爱汉族文化也；好吃人口上胭脂，言拾汉人唾余也。……当时清帝虽躬修文学，且创开博学鸿词科，实专以笼络汉人，初不愿满人渐染汉俗，其后雍、乾诸朝亦时时申诫之。故第十九回袭人劝宝玉道：“再不许吃人嘴上擦的胭脂了，与那爱红的毛病儿。”又黛玉见宝玉腮上血渍，询知为淘澄胭脂膏子所溅，谓为“带出幌子，吹到舅舅耳里，又大家不干净惹气”，皆此意。宝玉在大观园中所居曰怡红院，即爱红之义。所谓曹雪芹于悼红轩中增删本书，则吊明之义也。……（页三至四）

书中女子多指汉人，男子多指满人。不但“女子是水作的骨肉，男人是泥作的骨肉”与“汉”字“满”字有关系也；我国古代哲学以阴阳二字说明一切对待之事物，《易》坤卦彖传曰，“地道也，妻道也，臣道也”，是以夫妻君臣分配于阴阳也。《石头记》即用其义。第三十一回，……翠缕说：“知道了！姑娘（史湘云）是阳，我就是阴。……人家说主子为阳，奴才为阴。我连这个大道理也不懂得！”……清制，对于君主，满人自称奴才，汉人自称臣。臣与奴才，并无二义。以民族之对待言之，征服者为主，被征服者为奴。本书以男女影满汉以此。（页九至十）

这些是蔡先生的根本主张。以后便是“阐证本事”了。依他的见解，下面这些人是可考的：

（1）贾宝玉，伪朝之帝系也；宝玉者，传国玺之义也，即指胤礽（康熙帝的太子，后被废）。（页十至二二）

（2）《石头记》叙巧姐事，似亦指胤礽，巧字与礽字形相似也。……（页二三至二五）

（3）林黛玉影朱竹垞（朱彝尊）也。绛珠，影其氏也。居潇湘馆，影其竹垞之号也。……（页二五至二七）

（4）薛宝钗，高江村（高士奇）也。薛者，雪也。林和靖诗，“雪满山中高士卧，月明林下美人来”。用薛字以影江村之姓名（高士奇）也。……（页二八至四二）

（5）探春影徐健庵也。健庵名乾学，乾卦作“☰”，故曰三姑娘。健庵以进士第三人及第，通称探花，故名探春。……（页四二至四七）

（6）王熙凤影余国柱也。王即柱之偏旁之省，國字俗写作“国”，故熙凤之夫曰琏，言二王字相连也。……（页四七至六一）

（7）史湘云，陈其年也。其年又号迦陵。史湘云佩金麒麟，当是“其”字“陵”字之借音。氏以史者，其年尝以翰林院检讨纂修《明史》也。……（页六一至七一）

（8）妙玉，姜西溟（姜宸英）也。姜为少女，以妙代之。《诗》曰，“美如玉”，“美如英”。玉字所以代英字也。（从徐柳泉说）……（页七二至八七）

（9）惜春，严荪友也。……（页八七至九一）

（10）宝琴，冒辟疆也。……（页九一至九五）

（11）刘老老，汤潜庵（汤斌）也。……（页九五至百十）

蔡先生这部书的方法是：每举一人，必先举他的事实，然后引《红楼梦》中情节来配合。我这篇文里，篇幅有限，不能表示他的引书之多和用心之勤：这是我很抱歉的。但我总觉得蔡先生这么多的心力都是白白的浪费了，因为我总觉得他这部书到底还只是一种很牵强的附会。我记得从前有个灯谜，用杜诗“无边落木萧萧下”来打一个“日”字。这个谜，除了做谜的人自己，是没有人猜得中的。因为做谜的人先想着南北朝的齐和梁两朝都是姓萧的；其次，把“萧萧下”的“萧萧”解作两个姓萧的

朝代；其次，二萧的下面是那姓陈的陈朝。想着了“陈”字，然后把偏旁去掉（无边）；再把“東”字里的“木”字去掉（落木）。剩下的“日”字，才是谜底！你若不能绕这许多湾子，休想猜谜！假使做《红楼梦》的人当日真个用王熙凤来影余国柱，真个想着“王即柱字偏旁之省，國字俗写作国，故熙凤之夫曰琏，言二王字相连也”，——假使他真如此思想，他岂不真成了一个大笨伯了吗？他费了那么大气力，到底只做了“国”字和“柱”字的一小部分；还有这两个字的其余部分和那最重要的“余”字，都不曾做到“谜面”里去！这样做的谜，可不是笨谜吗？用麒麟来影“其年”的其，“迦陵”的陵；用三姑娘来影“乾学”的乾：假使真有这种影射法，都是同样的笨谜！假使一部《红楼梦》真是一串这么样的笨谜，那就真不值得猜了！

我且再举一条例来说明这种“索隐”（猜谜）法的无益。蔡先生引蒯若木先生的话，说刘老老即是汤潜庵：

> 潜庵受业于孙夏峰（孙奇逢，清初的理学家）凡十年。夏峰之学本以象山（陆九渊）、阳明（王守仁）为宗。《石头记》，“刘老老之女婿曰王狗儿，狗儿之父曰王成。其祖上曾与凤姐之祖、王夫人之父认识；因贪王家势利，便连了宗”，似指此。

其实《红楼梦》里的王家既不是专指王阳明的学派，此处似不应该忽然用王家代表王学。况且从汤斌想到孙奇逢，从孙奇逢想到王阳明学派，再从阳明学派想到王夫人一家，又从王家想到王狗儿的祖上，又从王狗儿转到他的丈母刘老老，——这个谜可不是比那“无边落木萧萧下”的谜还更难猜吗？蔡先生又说《石头记》第三十九回刘老老说的“抽柴”一段故事是影汤斌毁五通祠的事；刘老老的外孙板儿影的是汤斌买的一部《廿一史》；他的外孙女青儿影的是汤斌每天吃的韭菜。这种附会已是很滑稽的了。最妙的是第六回凤姐给刘老老二十两银子，蔡先生说这是影汤斌死后徐乾学赙送的二十金；又第四十二回凤姐又送刘老老八两银子，蔡先生说这是影汤斌死后惟遗俸银八两。这八两有了下落了，那二十两也有了下落了；但第四十二回王夫人还送了刘老老两包银子，每包五十两，共是一百两；这一百两可就没有下落了！因为汤斌一生的事实没有一件可恰合这一百两银子的，所以这一百两虽然比那二十八两更重要，到底没有“索隐”的价值！这种完全任意的去取，实在没有道理，故我说蔡先生的《石头记索隐》也还是一种很牵强的附会。

（宋广波编校：《胡适论红楼梦》，商务印书馆 2021 年版）

俞平伯致顾颉刚（节录）

（1921年7月23日）

我想我们比那些红学家高明的地方，不是我们较聪明些，是我们较坦白老实些。他们所以迷了正路底缘故有两种：（1）先存了偏见然后去读《红楼梦》。（如蔡先生自己持民族主义，而谓雪芹亦持之甚挚。其实曹家是汉军旗，而强迫他去排满惜明，真是笑话。）

（《俞平伯全集》第5卷，花山文艺出版社1997年版）

胡适 1921 年 9 月 25 日日记（节录）

与蔡先生谈话。前几天，我送他一部《红楼梦》，他复信说：

> 《考证》已读过。所考曹雪芹家世及高兰墅轶事等，甚佩。然于索隐一派，概以“附会”二字抹煞之，弟尚未能赞同。弟以为此派之谨严者，必与先生所用之考证法并行不悖。稍缓当详写奉告。

此老也不能忘情于此，可见人各有所蔽，虽蔡先生也不能免。

（曹伯言整理：《胡适日记全编》第 3 册，
安徽教育出版社 2001 年版）

鲁迅：小说史大略（节录）

（1921 年）

二、康熙时政治状态说

此说大成于蔡孑民之《石头记索隐》。卷端即云，“《石头记》者，清康熙朝政治小说也。作者持民族主义甚挚，书中本事，在吊明之亡，揭清之失，而尤于汉族名士仕清者寓痛惜之意。”故一一排比，求其相符，以“红”为影“朱”；以“石头”为指金陵；以“贾”为斥伪朝；以“金陵十二钗”为拟清初江南之学者。征引丰富，用力甚勤。胡适之作《红楼梦考证》则云：“但我总觉得蔡先生这么多的心力都是白白浪费了，因为我总觉得他这部书到底还只是一种很牵强的附会。”

（《鲁迅小说史大略》，陕西人民出版社 1981 年版）

刘文典致胡适

（1922年2月22日）

适之尊兄：

今天在《晨报》的副刊上看见蔡先生的《石头记索隐第六版自序》，间接看着了你对于这部书的批评，心里十二分快活。典对于这部书的意见，完全和你的一致。你对于众人所认为“句皆《韶》《夏》”，“言尽琳琅”，“徒惊其浩旷，但嗟其峻极”的著作，能下这样严格的批评，真有仲任《问孔》、子玄《惑经》的气概，这一层实在令典对于你生无限的崇仰心啊！

（《刘文典全集》第3卷，安徽大学出版社、云南大学出版社1999年版）

胡适 1922 年 2 月 18 日日记（节录）

下午，国学门研究所开会，蔡先生主席。我自南方回来之后，这是第一次见他。他有一篇《〈石头记〉索隐》六版自序，是为我的考证作的。蔡先生对于此事，做的不很漂亮。我想再做一个跋，和他讨论一次。

（曹伯言整理:《胡适日记全编》第 3 册，
安徽教育出版社 2001 年版）

俞平伯：对于《石头记索隐》第六版自序的批评

（1922年3月7日）

蔡孑民先生最近有关于讨论《红楼梦》的文章发表（见二月二十八日《时事新报》“学灯”栏）。他虽自己做了一种辩解，但使我不能无疑，谨以下列的论议各点，质之读者。

他在第一节引言里，提出他所用以推求的三法，且自以为审慎之至，但依我看来，所谓“品性相类”“轶事有征”“姓名相关”，都可以算作偶合的事情，不能当作铁证。这都因为他自己先有了成见，才能一个一个的比附上去。譬如他说：“以湘云之豪放而推为其年……”，但古来豪放之士甚多，何以陈其年独与史湘云有关？他又以第二法，因宝玉逢魔而推为允礽，他却不知道宝玉逢魔乃后四十回内的事，不特康熙年间人未曾梦见，即曹雪芹也未

尝梦见（因依蔡先生的话，《红楼梦》是康熙年间的书）。蔡先生何得以此来推求呢？至于后四十回是高君续作，这证据甚多，这里不赘及了（蔡先生在本文里，亦承认这个）。

他底三法，依我看来，并无一法可以凭依的，所以蔡先生虽然十分审慎，也不免走错了道路。胡适之先生底《红楼梦考证》，虽然所获不多，但所取的路径却极为正当，我并不说胡先生那文的断语，就是定论，但可信的程度，必定比《石头记索隐》要多得几倍。我终认定研究《红楼梦》，只有下列的三个途径，不知比他的三法如何？（1）同时人的旁证，（2）作者底生平事迹及其性格，（3）本书底叙言。如这些不可信，蔡先生底三法，岂不是更不可信了？我以为除掉这三条途径，我们更无从去窥测这书底本意。解释虽是欠圆满，但古人不可起于九原，这纯是无可奈何的事实。

这序底本文共分四节。第一节底大意是说著作底内容有考证底价值，这我极为同意。但我却不懂这一点与所辨论的何干？考证情节底有无价值是一件事，用附会的方法来考证情节是否有价值又是一件事，万不能并为一谈。考证情节未必定须附会，但《石头记索隐》确是用附会的方法来考证情节的。我始终不懂，为什么《红楼梦》底情节定须解成如此支离破碎？又为什么不如此便算不得情节底

考证？为什么以《红楼梦》影射人物是考证情节，以《红楼梦》为自传，便不是考证情节？况且托尔斯泰底小说，后人说他是自传，蔡先生便不反对；而对于胡适之底话，便云“不能强我以承认”，则又何说？至于说《离骚》有寓意，但这亦并不与《红楼梦》相干。屈平是如此，曹雪芹并不因屈平如此而他也须如此，这其间无丝毫之因果关系，不成正当的推论。

在第二节文里，他举了许许多多的古人例证来为自己解嘲，而否认笨谜这个雅号。但古人这些事例，安见得便不是笨谜；虽不定是笨，总是可笑而无聊的。难道他以为侯石公影袁子才，纪献唐影年羹尧，是狠高明而有文学上的价值的吗？他说：“自胡先生视之，非皆笨谜乎？”我说：“以我观之，实是笨谜也！”至于胡先生底意思如何，则我却不敢知。他在此节之末又用《儒林外史》来推测《红楼梦》，则与上边引王逸解《离骚》之事，一样的说不过去。他说：“然而安徽第一大文豪且用之，安见汉军第一大文豪必不出此乎？”我并不是以为做了汉军第一大文豪便不许影射人物，我说的是，在实际上汉军第一大文豪并没有影射人物，若蔡先生以为不然，请问他又有什么证据呢？他非举出铁证，不足服反对者底心，这样的东扯西拉，是没有用的。

第三节，他说明索隐从不知盖阙的例，是他底审慎。这我也承认的。但他这样八十两、二十两的逐事比附，实在是“可怜无益费精神”的事！即使那一百两头有了下落，也依然是“很牵强的附会”。蔡先生又将何以自解？

第四节所辩论有好几点。（1）他因真事隐去，故说不得以书中所叙的事为真，我姑且不辩，“真事隐”应如何解释。试问此书第一回所谓“亲见亲闻”“按迹寻踪”应如何说法？怕还可以作“非真”解释吗？若不能作如此解释，则与蔡先生的释“真事隐”，是否有矛盾呢？我底意思，“真事隐”不过是改头换面，隐去姓名，作者所谓“假语村言”“荒唐言”便是。至于关于真事隐的解释底孰是孰非原无定论，我并不想强人以必信啊！

（2）他论甄贾之辨，以为何必有甄贾两个宝玉？《红楼梦》设甄宝玉以形贾宝玉实在是个缺憾，前人如江顺怡君已有论及。但这层意思却并不难猜。作者不过为世俗心中的“真宝玉”写照，而自居于“假宝玉”。其实呢，真是假的，而假反是真的。作者不过借此写胸中底愤慨，并非定以两宝玉影自己一人。他又何屑把如此的俗子来做自己底影！但甄宝玉是虚设以形容贾宝玉的，仿佛画中的背景，并非真是另有一人，甄家与贾家亦并非真是两家。此意见本书第五回中贾宝玉到太虚幻境所看见的对联，有假

作真时真亦假之语。

（3）他以曹頫未闻放学差，不足为贾政之影。但曹頫底生平未能考定，他究竟放了学差与否，我们并无从知道，又何尝有证据说明曹頫一生没有放过学差呢？我们所不知道的，应该安于不知道。不能因我底不知道而断言人底不如此。贾政有何不可以做曹頫底影子？

（4）他因作者说话没有分寸，而因此推测不是自述其生平，这实在是冤枉了。综观全书，只有蔡先生所说的两点，是稍为愤激一点的，这正是羯鼓的稀之意，故慷慨斥之不为留余地。至于以外叙述，则多过厚蕴藉之词（如不明明说秦氏是缢死的，而专用暗笔侧笔，便是此意）。我们批评一书当从大体立论，不得以一语之征而概其全体。《红楼梦》是自述的文章，正因为他有蕴藉的风格。

（5）他举许三礼奏参徐乾学之文，以明此书确是指高、徐、金、姜诸人而作的。这也因为他有主观上的偏见，所以方附会得上去。说他是影射果然可以，说他是偶合，又何尝不可。总之，蔡先生必须另有证据，方可自圆其说，仅仅东一鳞西一爪的比附，断断不能成为定论。

（6）全文最使人怀疑的是末一节。他以为《石头记》是康熙朝政治小说，经雪芹增删，而插入曹家故事的，这样看来，他既否认此书是雪芹做的，且又指不出究竟是谁

做的。这话如何能说得通。慢说曹雪芹做《红楼梦》，前人已有明说，他岂能一齐抹倒。且抹倒之后，他并说不出所以然来。所谓《石头记》是康熙时的政治小说全是架空之谈，何足以破胡适之底推断。况且他又何以知道经雪芹增删插入曹家故事？他所谓“或亦许”，正是模棱两可、似是而非的话。八十回的《红楼梦》，是一气呵成的，稍有文学眼光的读者必然感到。蔡先生能指出那几节是插入的吗？他能告诉我们怎样插法吗？

况且，若不说雪芹是《红楼梦》底作者，则此书与雪芹何干？蔡先生因本书有增删五次的话，而依字面直解，以为《石头记》是经雪芹增删的，而非他做的，其实这又未免太呆看了。本书第一回既云：“后因曹雪芹于悼红轩中（悼红轩与怡红院当然是一而非二），批阅十载，增删五次，纂成目录，分出章回。……”阅到了十载之久，增删到了五次之多，目录、章回都是他一手添的，那么老实说一句，便是他做的了，何必客气呢？作者不肯直说，这书是我底笔墨，故托辞是由他增删而成。蔡先生何必如此“刻舟求剑”“胶柱鼓瑟”呢？譬如高鹗说后四十回是他从鼓担上搜求来的，但他底同时人张船山便老实不客气，说是足下底大笔。可见遮遮掩掩是中国文人底故态，雪芹亦未能免俗耳。

若照他说，在今本之外，另有一本经增删的本。我们试想，这本既无目录，又无章回，究竟是个什么东西？虽尽我们想像，也颇不容易得一概念，这浑沦不名的原本，被曹先生，又增又删到了五次，删的是什么，书缺简脱，二百年之后，无从仿佛了。增的是什么，大约便是曹先生所谓“曹家故事”了。在一部政治小说上，平空加入自己家内底事，曹雪芹莫非是个精神病者吗？不然，虽妄人也不至如此。这么一部杂碎的小说，公然在二十世纪的中国底文艺界，公然占了首座，这不是文艺同人底耻辱吗？像蔡先生这般的审慎，实在太审慎了。

蔡先生此文是对于他底北大同事胡适之先生来求商榷的。我非胡先生，却无端来岔嘴，实在是冒昧啊！故我此文，只曰“批评”，不曰“质疑”，胡先生想必另有意见，做他自己底辩解。

（1922 年 3 月 7 日《时事新报》“学灯”）

附录

一篇不该被遗忘的红学文献

——读俞平伯《对于〈石头记索隐〉第六版自序的批评》

苗怀明

新红学是在批判旧红学的基础上建立起来的，如今这已经成为一个学术常识，其标志是胡适与蔡元培围绕红学研究进行的论争。尽管这方面的研究文章已有很多，但仍有一些问题未得到解决。比如在蔡胡论争的过程中，俞平伯也写过一篇与蔡元培商榷的文章，其后虽然有一些研究者提到〔一〕，但这篇文章的具体内容如何，提出了哪些观点，几乎所有的研究者都语焉不详。更为奇怪的是，俞平伯本人对自己的这篇文章似乎也视而不见，在其收录红学

〔一〕 比如孙玉蓉在《俞平伯年谱》（简编）中有如下介绍："二月，读了蔡孑民发表的《〈石头记索隐〉第六版自序——对于胡适之先生〈红楼梦考证〉之商榷》一文后，受到触动，又产生了讨论《红楼梦》的兴致。于是，作了《对于〈石头记索隐〉第六版自序的批评》，发表在本年三月七日上海《时事新报·学灯》，署名'平'。"内容如何，并未介绍。参见《俞平伯全集》第10卷，花山文艺出版社1997年版，第447页。

文章最全的《俞平伯论红楼梦》一书中未予收录。俞平伯去世后，收录其著述最全的《俞平伯全集》一书也未予收录，此外也未见其他专书或论文集转载或引用过。这篇文章刊发在1922年3月7日的《时事新报》“学灯”专栏上，一百年间，一篇在新红学建立过程中十分重要的红学文章就这样凭空“消失”了。

长期以来，人们了解俞平伯的这篇文章，主要是通过胡适1922年3月13日的日记。在这一天的日记中，他谈到了顾颉刚和俞平伯两人对蔡元培《石头记索隐》第六版自序的批评意见，其中对顾颉刚的观点较为赞同：“颉刚来书，有一段论《红楼梦》事，甚有理。……颉刚此论最痛快。”〔一〕并在其后回应蔡元培的文章《答蔡孑民先生的商榷》中引用了其中的两个观点。〔二〕但对俞平伯《对于〈石头记索隐〉第六版自序的批评》一文则提出了批评意见：“平伯的驳论不很好；中有误点，如云‘宝玉逢魔乃后四十回内的事’（实乃二十五回中事），内中只有一段可取。”〔三〕

一篇三千多字的文章，“只有一段可取”，可见胡适对

〔一〕曹伯言整理：《胡适日记全编》第3册，安徽教育出版社2001年版，第579、580页。

〔二〕该文刊于《努力周报》第2期，1922年5月14日。

〔三〕曹伯言整理：《胡适日记全编》第3册，第580—581页。

俞平伯的这篇文章是相当不满意的。虽然这只是日记中的话，但以胡适当时与顾颉刚、俞平伯关系之密切，俞平伯对他的意见应该是知道的。大概是因为这个原因，俞平伯后来在自己的文集收录早年的各类文章时，都不收这篇文章。

这篇文章到底都写了什么？为何让胡适不满意？以下稍作分析。

其中最为明显的是胡适批评俞平伯的文章“中有误点，如云‘宝玉逢魔乃后四十四回内的事’（实乃二十五回中事）”，这句话是针对文章的这一部分而发的：“他又以第二法，因宝玉逢魔而推为允礽，他却不知道宝玉逢魔乃后四十回内的事，不特康熙年间人未曾梦见，即曹雪芹也未尝梦见（因依蔡先生的话，《红楼梦》是康熙年间的书）。蔡先生何得以此来推求呢？”〔一〕俞平伯此说又是针对蔡元培的这段话而发的：“以宝玉曾逢魔魇而推为允礽，以凤姐哭向金陵而推为国柱，用第二法也。”〔二〕

《红楼梦》第二十五回写贾宝玉、王熙凤被马道婆施法“逢魔魇”，这件事确实不是在后四十回，胡适的批评

〔一〕 俞平伯：《对于〈石头记索隐〉第六版自序的批评》，《时事新报》学灯专栏，1922年3月7日。以下所引该文，出处皆同，不再一一出注。

〔二〕 蔡元培：《石头记索隐第六版自序》，商务印书馆1921年版。

是对的。俞平伯在写这篇文章之前，1920 年 1—2 月间曾在去英国留学的船上熟读《红楼梦》，并和傅斯年细谈；1921 年 4—7 月间，又和顾颉刚多次通信，讨论红学问题，准备校勘《红楼梦》，也写了《石头记底风格与作者底态度》等文章。按说对《红楼梦》的内容是相当熟悉的，不该犯这种错误，也许他将“宝玉逢魔”理解为贾宝玉失玉之后的疯癫了，这倒是后四十回里的内容。但不管怎么说，商榷文章里出现硬伤，这是大忌，最起码这一部分的反驳是无效的。胡适的不满意也是可以理解的。

那么除了这一处问题，文章还写了些什么？是否真如胡适所说的“只有一段可取”呢？

俞平伯的这篇文章是对蔡元培《石头记索隐第六版自序》一文的商榷，具有很强的针对性，而蔡元培的文章又是对胡适《红楼梦考证》一文的回应。蔡元培不认可胡适对自己红学研究是猜笨谜的批评，归纳了自己研究的三种方法，即“品性相类”“轶事有征”“姓名相关”，认为自己的态度是“审慎之至”。随后从四个方面进行反驳，其核心观点如下：一是考证作者、时代、版本固然重要，但考证作品的情节也是有价值的。二是索隐人名“正是中国文人习惯”，《品花宝鉴》《儿女英雄传》《儒林外史》等作品都是可以这样研究的。三是自己对情节的索隐“有下

落者记之，未有者姑阙之”，胡适文章对《红楼梦》人物、情节的考证也只是涉及作品的一部分，并没有解决书中的所有问题。四是根据甄贾宝玉、曹頫经历、作品措辞分寸、许三礼奏参徐乾学等例证说明《红楼梦》并非全写曹家之事。

文章最后重申“《石头记》原本，必为康熙朝政治小说，为亲见高、徐、余、姜诸人者所草，后经曹雪芹增删，或亦许插入曹家故事，要未可以全书属之曹氏也”〔一〕。相比《石头记索隐》，蔡元培在第六版的自序中吸收了胡适的一些观点，虽然不认可曹雪芹的作者权，但承认作品经过曹雪芹增删，也承认作品“插入曹家故事”的可能性。

俞平伯此前读过蔡元培的《石头记索隐》一书，早在前一年与顾颉刚讨论红学问题时已表达了反对意见：“我想我们比那些红学家高明的地方，不是我们较聪明些，是我们较坦白老实些。他们所以迷了正路底缘故有两种：（1）先存了偏见然后去读《红楼梦》。（如蔡先生自己持民族主义，而谓雪芹亦持之甚挚。其实曹家是汉军旗，而强迫他去排满惜明，真是笑话。）”〔二〕

〔一〕 蔡元培：《石头记索隐第六版自序》。

〔二〕 俞平伯1921年7月23日致顾颉刚函，载《俞平伯全集》第5卷，第53页。

他的这篇文章主要针对蔡元培《石头记索隐》第六版的自序而发，其结构与蔡元培一文基本相同，对其观点逐条进行反驳。他首先指出蔡元培归纳的索隐三法存在问题，其得出的结论“都可以算作偶合的事情，不能当作铁证”，这是因为“他自己先有了成见，才能一个一个的比附上去”，并从正面提出研究《红楼梦》的三条途径，即“同时人的旁证”“作者底生平事迹及其性格”和“本书底叙言”。

随后针对蔡元培为自己辩解的四个方面，俞平伯逐一提出自己的看法：

第一，肯定《红楼梦》的情节有考证价值，但“考证情节未必定须附会，但《石头记索隐》确是用附会的方法来考证情节的”，随后接连提出几个反问，指出蔡元培对情节考证的认识是错误的，是自相矛盾的。对这一部分，胡适是比较满意的，他所说的“只有一段可取”即是指这一部分，并在日记中将其剪贴保存。

第二，针对蔡元培列举一系列小说作品例证为自己辩护，他认为蔡元培列举的索隐例证就是笨谜，如“非举出铁证，不足服反对者底心，这样的东扯西拉，是没有用的”。

第三，他认为蔡元培的态度虽然比较审慎，但“逐事比附，实在是‘可怜无益费精神’的事”，不过是牵强附会。

第四，针对蔡元培否定《红楼梦》写曹家家事的几个

例证，他认为"'真事隐'不过是改头换面，隐去姓名"，"甄宝玉是虚设以形容贾宝玉的，仿佛画中的背景，并非真是另有一人，甄家与贾家亦并非真是两家"，"曹𫖯底生平未能考定"，他做曹𫖯的影子还是有可能的。作者说话没有分寸的情况也有，但这只是书中的一小部分，"当从大体立论，不得以一语之征而概其全体"，至于许三礼奏参徐乾学之文，"蔡先生必须另有证据，方可自圆其说，仅仅东一鳞西一爪的比附，断断不能成为定论"。

关于文章结尾蔡元培对《红楼梦》"康熙朝政治小说"的定性，俞平伯明确表示反对，认为这是"架空之谈"，指出蔡元培"既否认此书是雪芹做的，且又指不出究竟是谁做的"，这是自相矛盾的。他根据作品第一回的相关内容，重申胡适《红楼梦考证》中曹雪芹是作者的观点，认为作品之所以有"增删五次"之语，是因为"遮遮掩掩是中国文人底故态，雪芹亦未能免俗耳"。对蔡元培提出作品"插入曹家故事"的说法，他认为这不合情理："在一部政治小说上，平空加入自己家内底事，曹雪芹莫非是个精神病者吗？不然，虽妄人也不至如此。"

总的来看，俞平伯写作此文的目的在维护胡适《红楼梦考证》中的观点，不认同蔡元培的红学观点及研究方法，对其辩解提出反驳。如果从辩论的角度来看，该文只

是针对蔡元培的观点表达反对意见，同时提出自己的正面见解，基本上是点到为止，并没有进行论证，而且对蔡元培的研究也有一定程度的认可，比如承认其研究“十分审慎”等。这样要说服蔡元培是很难的，大概也是胡适不满意的地方。胡适之所以对顾颉刚的两点反驳意见比较欣赏，主要是因为他提出了新的思路，抓住了蔡元培观点的不合理之处，反驳较为有力。

不管胡适、俞平伯怎么评价这篇文章，从学术史的角度来看，该文是新红学建立过程中的一篇重要文献，这是无可否认的，虽然未能收到《俞平伯论红楼梦》《俞平伯全集》中，但对研究者来说，则不能不注意，任其湮没。

就笔者的理解，该文有如下几个方面的意义：

首先，这是俞平伯早年一篇较为重要的红学论文，反映了他对《红楼梦》一些问题的认识，如作者、研究方法等，这在同一时期他写的《红楼梦辨》等其他著述中是没有的，通过该文可以较为全面地考察俞平伯的红学观。

值得一提的是，在撰写这篇文章之前，1921 年 4 月至 10 月间，俞平伯与顾颉刚书信往来谈论红学，其间俞平伯产生校勘《红楼梦》、创办《红楼梦》研究刊物等设想。其后随着新学期开学，大家各忙各的事情，这些设想也都搁置下来。直到 1922 年 2 月，俞平伯看到蔡元培的《石

头记索隐》第六版自序一文，又恢复了对《红楼梦》的兴趣，先是写了商榷文章，随即根据与顾颉刚的书信，写成《红楼梦辨》一书。对此，顾颉刚在该书序言中有明确的介绍："去年二月，蔡孑民先生发表他对于《红楼梦考证》的答辨。最奇怪的，这个答辨竟引不起红学的重兴，反而影响到平伯身上，使得他立刻回复以前的兴致，做成这部书。当时平伯看见了这篇，就在《时事新报》上发表一篇回驳的文字。同时，他又寄我一信，告我一点大概；并希望我和他合做《红楼梦》的辨证，就把当时的通信整理成为一部书，使得社会上对于《红楼梦》可以有正当的了解和想象。我三月中南旋，平伯就于四月中从杭州来看我。我因为自己太忙，而他在去国之前尚有些空闲，劝他独力将这事担任了。他答应我回去后立刻起草，果然他再到苏州时，已经做成一半了。夏初，平伯到美国去，在上海候船，我去送他，那时他的全稿已完成了。"〔一〕

这篇文章可以看作是《红楼梦辨》的序曲，如果不是由写作该文引发的学术兴趣，也许就没有《红楼梦辨》这部专著，最起码出版的时间要推迟，这样其在红学史上的地位可能就不一样。历史虽然不能假设，但这篇文章对俞

〔一〕 顾颉刚《红楼梦辨》序，载《俞平伯全集》第5卷，第65页。

平伯的红学研究来说还是相当重要的。

其次，这是新红学建立时期的一篇重要文献。新红学的建立是多位学人共同努力的过程，除了胡适，还有顾颉刚、俞平伯等。顾颉刚主要隐在幕后提供资料、观点，俞平伯则是站在前面摇旗呐喊，这篇文章就是很好的证明，他与蔡元培的论争可以看作是蔡胡红学论争的一个重要组成部分。

最后，这篇文章是中国现代学术史上的一篇重要文章。新红学的建立是中国现代学术的一个重要组成部分，体现了中国学术的新变，其中所体现的学术风气是值得后人学习借鉴的。俞平伯原是北京大学的学生，写作这篇文章时，不过是一位人微言轻、没什么名气的年轻人，以这种身份对校长蔡元培的文章进行批评，而且言语犀利，毫不客气，这是需要学术勇气的。作为被批判方的蔡元培以平常心对待，这在当时无疑具有示范效应，代表着中国现代学术的良好开端。遗憾的是，这种学术精神后来未能得到很好的传承，即便在一个世纪后的当下，这样的论争也是不可能发生的。

俞平伯《对于〈石头记索隐〉第六版自序的批评》一文刊发于 1922 年 3 月 7 日的《时事新报》“学灯”专栏，署名为“平”，距今已整整一百年，现在颇不容易看到。

为方便学界同仁阅读研究，笔者根据报纸原件照片及扫描件进行整理，附录于后。在整理过程中，得到高树伟兄的资料支持，在此表示感谢。

（《红楼梦学刊》2022 年第 4 辑）

胡适 1922 年 3 月 13 日日记（节录）

颉刚来书，有一段论《红楼梦》事，甚有理：

闻伏园说，平伯在《时事新报》上攻击蔡先生关于《红楼梦》的答辨。平伯之作我未见。我意蔡先生的根本错误有两点。第一，别种小说的影射人物只是换了他的姓名，男还是男，女还是女，所做的职业还是这项职业。何以一到《红楼梦》就会男变为女，官僚和文人都会变成宅眷？第二，别种小说的影射事情，总是保存他们原来的关系。何以一到《红楼梦》就会从无关系发生关系。例如蔡先生考定宝玉为允礽，林黛玉为朱竹垞，薛宝钗为高士奇，试问允礽和朱竹垞有何恋爱的关系，朱竹垞与高士奇又有何吃醋的关系？这两项是蔡先生无论如何不

能解答的。若必说为性情相合，名字相近，物件相关，则古往今来无数万人，那一个不可牵到《红楼梦》上去！实在蔡先生这种见解是汉以来的经学家给与他的。我从前读《易经》，觉得解释的话圆通得很，坤卦未始不可说成乾卦，兑卦未始不可说成艮卦。近读《诗经》，又有同样的感想，觉得照他们的说法，无施不可，我们若拿《二南》与《郑风》掉过了，《曹风》与《齐风》调过了，也未始不可，就当时事实解释得伏伏贴贴。我常想，我们要打破他们的附会，须得拿附会的法子传示给别人看，我们尽可以把人家万不信的事情附会出来。上月作《〈诗序〉辨》，要证明《诗序》的靠不住，曾经造做《唐诗三百首》的序。我说，"倘使唐代只传下这三百首诗，但没有题目，又不晓得作者，我们只知道是唐朝人所做的，若要硬代他做序，自然可就唐朝的事实去想，也就可说，'海上（海上望明月），杨妃思禄山也。禄山辞归范阳，杨妃念念而作是诗也。''烟笼（烟笼寒水月笼沙），伤陈也。陈之宫女离散，独有暮年鬻歌于江上者，其遗民闻之而兴故国之思也。'若这三百首诗不能晓得他传下的时代，又不懂得诗体的变迁，我们又可以说'寒山（寒山转苍翠），美接舆

也。安贫乐道，不易其志焉。’“吾爱（吾爱孟夫子），时人美孟轲也。梁襄王不似人君，孟子不肯仕于其朝，弃轩冕如敝屣也。’这样做去，在我已是极端的附会，但实在尚不能算错，因为确是有所根据。若照他们不近情理的乱说，更可以道，‘寥落（寥落古行宫），好道也。国君好神仙之术，宫闱化之，遐龄相对，惟说玄宗（玄妙之义理）也。’‘今夜（今夜鄜州月），思治也。小人（小儿女）乱政（未解忆长安），大夫燕处忧谗，愿得明君而事之也。’倘使果有这种的书流传下来，请问嫉恶的感情应当兴奋到怎样程度？”讲《诗经》的，好诗可为刺诗，男女可为君臣，讲《红楼梦》亦何尝不可男变为女，家事变为政事。所以我想，将来若得有暇，竟可把《红楼梦》附会到汉朝去，到六朝去，或者汉魏六朝比清朝还有更适宜的人物牵合上去。

学生顾颉刚

十一、三、十三

颉刚此论最痛快。平伯的驳论不很好；中有误点，如云“宝玉逢魔乃后四十回内的事”。（实乃二十五回中事。）内中只有一段可取：

这序底本文共分四节。第一节底大意是说著作底内容有考证底价值，这我极为同意。但我却不懂这一点与所辨论的何干？考证情节底有无价值，是一件事，用附会的方法来考证情节是否有价值，又是一件事，万不能并为一谈。考证情节未必定须附会，但《石头记索隐》确是用附会的方法来考证情节的。我始终不懂，为什么《红楼梦》底情节定须解成如此支离破碎？又为什么不如此便算不得情节底考证？为什么以《红楼梦》影射人物是考证情节，以《红楼梦》为自传便不是考证情节？况且托尔斯泰底小说，后人说他是自传，蔡先生便不反对；而对于胡适之底话，便云“不能强我以承认”，则又何说？至于说《离骚》有寓意，但这亦并不与《红楼梦》相干。屈平是如此，曹雪芹并不因屈平如此而他也须如此，这其间无丝毫之因果关系，不成正当的推论。

（曹伯言整理：《胡适日记全编》第3册，
安徽教育出版社2001年版）

顾颉刚：《红楼梦辨》序（节录）

（1923年3月5日）

去年二月，蔡孑民先生发表他对于《红楼梦考证》的答辨。最奇怪的，这个答辨竟引不起红学的重兴，反而影响到平伯身上，使得他立刻回复以前的兴致，做成这部书。当时平伯看见了这篇，就在《时事新报》上发表一篇回驳的文字。同时，他又寄我一信，告我一点大概；并希望我和他合做《红楼梦》的辨证，就把当时的通信整理成为一部书，使得社会上对于《红楼梦》可以有正当的了解和想象。

（俞平伯：《红楼梦辨》，亚东图书馆1923年版）

俞平伯：作者底态度〔一〕

（1923 年 4 月）

大家都喜欢看《红楼梦》，更喜欢谈《红楼梦》，但本书底意趣，却因此隐晦了近二百年，这是一件很不幸的事情。其实作书底意趣态度，在本书开卷两回中已写得很不含糊，只苦于读者不肯理会罢了！历来“红学家”这样懵懂，表面看来似乎有点奇怪；仔细分析起来，有两种观察，可以说明迷误底起源。

第一类“红学家”是猜谜派。他们大半预先存了一个主观上的偏见，然后把本书上底事迹牵强傅会上去，他们底结果，是出了许多索隐，闹得乌烟瘴气不知所云。他们

〔一〕 作者后来将《红楼梦辨》修改，以《红楼梦研究》为名出版，有关蔡元培的这部分内容基本没变，只是删去了几句话。

可笑的地方，胡适之先生在《红楼梦考证》一文中，已说得很详备的了。这派“红学家”有许多有学问名望的人，以现在我们底眼光看去，他们很不该发这些可笑的议论。但事实上偏闹了笑话。

为什么呢？这其中有两个原故：（1）他们有点好奇，以为那些平淡老实的话，决不配来解释《红楼梦》的。（2）他们底偏见实在太深了，所以看不见这书底本来面目，只是颜色眼镜中的《红楼梦》。从第一因，他们宁可相信极不可靠的传说（如董小宛、明珠之类），而不屑一视雪芹先生底自述，真成了所谓“目能见千里之外，而不能自见其眉睫”了。从第二因，于是有把自己底意趣投射到作者身上去。如蔡孑民先生他自己抱民族主义，而强调《红楼梦》作者持民族主义甚挚，书中本事在吊明之亡、揭清之失等等。（《石头记索隐》）作者究竟有无这层意思，其实很不可知，因为在本书里并无确证，那些傅会的话似无足信。以我想来，曹家是正白旗汉军，并且是大族。雪芹生在这个环境中间，未必主张排满吊明的。我这层揣想，虽不能证实，但很可以知道蔡先生这个判断，是含有多少偏见在内的。总之，求深反浅，是这派“红学家”底通病。

（俞平伯：《红楼梦辨》，亚东图书馆 1923 年版）

鲁迅：清之人情小说（节录）

（1924年）

盖叙述皆存本真，闻见悉所亲历，正因写实，转成新鲜。而世人忽略此言，每欲别求深义，揣测之说，久而遂多。今汰去悠谬不足辩，如谓是刺和珅（《谭瀛室笔记》）、藏谶纬（《寄蜗残赘》）、明易象（《金玉缘》评语）之类，而著其世所广传者于下：……

三，康熙朝政治状态说　此说即发端于徐时栋，而大备于蔡元培之《石头记索隐》。开卷即云，"《石头记》者，清康熙朝政治小说也。作者持民族主义甚挚，书中本事，在吊明之亡，揭清之失，而尤于汉族名士仕清者寓痛惜之意。……"于是比拟引申，以求其合，以"红"为影"朱"字；以"石头"为指金陵；以"贾"为斥伪朝；以"金陵十二钗"为拟清初江南之名士：如林黛玉影朱彝尊，王熙

凤影余国柱，史湘云影陈维崧，宝钗、妙玉则从徐说，旁征博引，用力甚勤。然胡适既考得作者生平，而此说遂不立，最有力者即曹雪芹为汉军，而《石头记》实其自叙也。

（鲁迅:《中国小说史略》第二十四篇，
《鲁迅全集》第九卷，人民文学出版社 1981 年版）

鲁迅：清小说之四派及其末流（节录）

（1924年7月）

对于书中所叙的意思，推测之说也很多。举其较为重要者而言：……（三）是说叙康熙朝政治底状态的，就是以为《石头记》是政治小说，书中本事，在吊明之亡，而揭清之失。如以“红”影“朱”字，以“石头”指“金陵”，以“贾”斥伪朝——即斥“清”，以金陵十二钗讥降清之名士。然此说未免近于穿凿，况且现在既知道作者既是汉军旗人，似乎不至于代汉人来抱亡国之痛的。

（鲁迅：《中国小说的历史的变迁》，

《鲁迅全集》第九卷，人民文学出版社1981年版）

补庵：我读了《红楼梦考证》和《石头记索隐》第六版自序以后（这种标题是学时髦，就是“书后”的意思）

（1924年）

《红楼梦》在小说里的价值，自然要算神品，我尝恨作者不生于金圣叹之前，或是和他同时，若是得着金氏一批，这部小说当然要颊上添毫的放异彩。从前某某山民某某雄氏的评点，都没有一点价值。王梦阮的《红楼梦索隐》和蔡孑民的《石头记索隐》未尝不风行一时，然而总出不了胡适之所说的“牵强附会”四字，胡君都说透了，用不着我再说。

我以为胡君的《红楼梦考证》要算一件够个格局的作品，比他别的作品都好，虽然不能说是“集红学之大

成”（因为他只作到曹雪芹家传和假定的年谱与《红楼梦》校勘记的一部分，至于新式标点算不得什么创作），但是大家既然承认“科学化”，胡君的作品便是唯一的正路。因为他都是“有证据的”，都是“科学的”，不是“想像的”，不是“玄学的”。

我可不是要谈“红学”，我是看了胡、蔡二君的辩论（见《对于胡适之先生〈红楼梦考证〉之商榷》与《跋红楼梦考证》《答蔡孑民先生的商榷》），以为主观偏胜的心理，贤者不免。蔡君的主张，我向来不敢附和，蔡君的人品，我认为自是贤者，他所作的《石头记索隐》那里能和《红楼梦考证》比较？《红楼梦考证》是脚根立在平地上的，《石头记索隐》是半空中打筋斗的。当日偶然消遣，拿他当个谈料，作成一部《石头记索隐》，权当猜灯谜，本来没什么不可，然而已觉不是蔡君担斤两的东西，我想他见着胡君的考证出来，一定要起一种“辄欲自焚笔砚”的感想，那里想到，居然弄出《对于胡适之先生红楼梦考证之商榷》来。

我更不是偏袒一方，菲薄一方，我以为蔡君的作品得胡君批评，算是得了真正价值，根本上便不应不承认，因为不承认胡君的批评，便是根本上不承认科学化，实在不像蔡君办的事。这个关系比什么都大，一个小小的考证索隐，谁是谁非，都没什么可以争论的价值，先要解决这个问题。

蔡君的商榷中引了许多外国故事，这是现在万叫万应的唯一法宝，然而不适用于索隐《石头记》，胡君已说过了，又拿吴敬梓是什么“安徽大文豪”作对待胡君的武器，想见老先生这时节须髯皆动的神气（必有人说，蔡先生新娶，胡子都刮的光光的，那里还有须，那末我又算说错了），胡君的答复亦好，他说“爱真理胜于爱他最敬爱的蔡先生”，实际上是一步不让，胡君的态度我是除了拜倒外，再没别的说的。

说了半天，到底是为什么？

（一）主观偏胜的心理，贤者不免，到了护短的时候，往往不惜把平生根本主张的大本营，一脚踢翻，露出本来面目来，告诉别人说，从前的主张，都是那会子事。

（二）假如说蔡君是不承认“科学化”的，或是因为要战胜胡适之的原故，姑且利用一时，这个说法要是对，我看将来这蔡先生“身体虽去精神犹存”的国立北京大学怎么办。

以上所引各书，读者单买一本亚东图书馆发行的“再版”（加新式标点符号分段的）《红楼梦》便都载着，用不着再参考别的书。

附注。一月三日来稿。

（《社会教育星期报》第440号，1924年）

寿鹏飞：《红楼梦本事辨证》题记

（1926年）

二十年前，即闻吾乡蔡孑民先生有《石头记索隐》之作，每恨未睹。辛亥之冬，先生由柏林返国，道出大连，航海南下，适余由涇阳避难，同舟赴沪，因询先生《索隐》一书概略。先生为言：凡所征引，皆本官私记载，有事实可佐，他日或当出版。余亦略举所闻相质，先生许为近理。迨后海上书肆，以先生是著付印，流传颇广。石头一记，至是始引起一般读者为本事考证之注意，号为红学。首有王梦阮、沈瓶庵两氏《红楼梦索隐》之作，虽未的当，颇有兴味。近如胡适之氏《红楼梦考证》、钱静方氏《红楼梦考》、俞平伯氏《红楼梦辨卷》、鲁迅氏（即同闲周树人君）《中国小说史略》第二十四篇，类皆博采群言，详语精择，足发后人之蒙。其间有根据前人成说，而

引申足成之者；有推倒一切，自创异说者；有就书面观察，不欲加以影事之推测者；有搜考成书及出版时代者。甚至彼此主奴，互为争辩，迄为聚讼公案。

综观诸氏之说，自以蔡书为能窥见作者深意，而胡氏驳之独甚力。平心论之，蔡氏不免为徐柳泉之说所拘，更引当时诸名士以实之，致多牵强。若胡氏竟指为雪芹自述生平，则纯乎武断，反不如陈独秀氏悉数推翻诸家影事之说，而纯作言情小说观之为斩却葛藤也。（见陈君《红楼梦新序》）然使竟如陈君之说，废弃本事，专观情迹，则又何解于本书开宗明义，所谓“故将真事隐去”之言。是明明有真事在背影矣，后之读者，又何忍抹却作者深心，而以寻常小说等视之耶。兹故列举所闻，取其近理者，佐以事实，加以折衷，以就正于当世之为红学者。

中华民国第一丙寅岁春分前一日

（寿鹏飞：《红楼梦本事辨证》，商务印书馆 1927 年版）

张元济致蔡元培（节录）

（1928年6月14日）

尊著《石头记索隐》版税凭折遗失，属弟证明，业经遵办。兹取到新折壹扣，并版税壹百五十四圆四角支票一纸，谨送上，即祈察收为幸。

（《张元济全集》第3卷“书信”，商务印书馆2007年版）

胡适：《从旧小说到新红学》（节录）

（1957年）

所以从1921至1933年，我对《红楼梦》的研究历时十二年之久，先后作了五篇考证的文章。这项前所未有的研究的重要性是多方面的。在我作考证之前，研究《红楼梦》而加以诠释的已有多家，简直形成了一门“红学”。让我且举颇有惊人之笔的三家为例：

第一家认为《红楼梦》是反映清朝开国之君顺治皇帝的一段恋爱故事。书中的男主角“宝玉”便是隐射顺治；那美丽而短命的女主角“黛玉”则隐射董鄂妃。

第二家就更离奇了。那是我的上司、北京大学校长蔡元培先生所首倡的。蔡氏认为《红楼梦》是一部隐射汉民族抗满的〔政治〕小说。〔书中的故事〕便是整个康熙一朝的政治现象。“宝玉”是隐射康熙皇帝的废太子〔胤

礽〕；大观园中的诸美人则是暗指当时的名士。例如“黛玉”便是暗指朱彝尊；黛玉的情敌“宝钗”则是暗指高士奇。诸如此类。

……

但是我在我的长篇考证里，便把上述三家斥为无稽之谈。我指出这部名著与上述三大家的惊人之论毫无关系。否定诸说之后我也提出更有建设性的建议。我认为要认识这部巨著，一定要找出作者的身世，并且还要替这部名著的版本问题作出定案。

（胡适：《胡适口述自传》第十一章，
华东师范大学出版社 1993 年版）

胡适1961年2月16日日记（节录）

半夜看会稽寿鹏飞（字枈林）的《〈红楼梦〉本事辨证》。（商务民十六年六月初版，十七年六月再版——比俞平伯的《红楼梦辨》销的多多了！）

寿君大不满于我的“自述生平”说，而主张此书为专演清世宗与诸兄弟争立事。其说甚糊涂，甚至于引胡蕴玉《雍正外传》一类的书！

但书首有蔡孑民先生的短序，题“十五年六月三十日”，其中说：“先生不赞成胡适之君以此书为曹雪芹自述生平之说，余所赞同。”此序作于我《答蔡孑民先生的商榷》（十一．五．十）之后四年。

（曹伯言整理：《胡适日记全编》第8册，安徽教育出版社2001年版）

胡适 1961 年 2 月 18 日与胡颂平的谈话（节录）

胡颂平问起寿鹏飞的《红楼梦本事辨证》。先生因而谈起："当年蔡先生的《红楼梦索隐》，我曾说了许多批评的话。那时蔡先生当校长，我当教授，但他并不生气，他有这种雅量。他对《红楼梦》的成见很深，像寿鹏飞的《红楼梦本事辨证》，说是影射清世宗与诸兄弟争立的故事，我早已答覆他提出的问题。到了十五年，蔡先生还怂恿他出这本书，还给他作序。可见一个人的成见之不易打破。"

（胡颂平编著：《胡适之先生年谱长编初稿》第 10 册，台湾联经出版事业公司 1984 年版）

俞平伯：索隐与自传说闲评

（1978年10月17日）

斯学浩瀚，难窥涯涘，两派纷歧，互有得失，试效闲评，聊作谈助。

原从《红楼梦》来，其二说在本书开宗明义处亦各有其不拔之根柢，所谓“甄士隐梦幻识通灵，贾雨村风尘怀闺秀”。一似双峰并峙，二水分流，瞻念前途，穷则思变。若不能观其会通，于书中之理解，恐无多裨益也。先分别比较言之。

（一）研究之方向相反——索隐逆入，自传顺流。开卷第一回作者自云“将真事隐去”欲求索之，反其道而行之，此逆入也。欲将往事“编述一集以告天下人”，遂旁及曹氏一家以实之，此顺流也。似顺是而逆非，却未必尽然。盖所谓逆者，中有顺焉；所谓顺者，亦有逆焉。何以

言之？既曰有“隐”，何不可“索”？幸而有得，未尝无益也。详考其家乘，定作者为谁氏固与“亲睹亲闻”“嫡真实事”诸文相合，而作者点明是“假语村言”，又奈此“满纸荒唐言”何。迹其记叙纷歧，言辞惝恍，胶柱刻舟以求之，庸有当乎，殆所谓“齐则失之，楚亦未为得也”。

（二）所用方法之不同——索隐派凭虚，求工于猜谜；自传说务实，得力于考证。其是非似不成问题，我从前固持考证说者。有人说他“猜笨谜”，虽胡博士之于蔡先生亦初不假借，而其间得失有可言者。

考证含义广，作用多，并不限于自传说，这只不过其中之一而已。即摒弃自传之说，而考证之功用故自若也。将后四十回从一百二十回中分出，为考证的成果，与其人同时主张自传说并无必然之联系，不宜混为一谈，考证之功，不掩自传之累。纵其自传说不成立，而残编与续貂，共泾渭玉石之辨，仍昭然在人耳目。新索隐派亦当应用此成绩，绝不能并百二十回一起而追索之，其中当有所区别，所谓桥是桥，路是路也。

昔《石头记索隐》以金陵十二钗影射士大夫，虽有巧思，终无实际。其影射人事每在有意无意之间，“若即若离、轻描淡写”，如于本书第五十四回偶点出王熙凤一名来，只关合字面，毫不认真便是可喜，如引而申之，即成

笨伯矣。

（三）对作者问题看法之异——此关于本书的来历，亦是两派争持之点。简单说来，索隐猜谜，只是空想；标榜科学，或欠谨严。曹雪芹本未言自著《红楼梦》也，而此问题关系甚大，众口相传，其说不一，甚至有人说是另一个曹雪芹！若考证，自传之说，则完全归之于曹氏，几乎众口一词。而据最早的甲戌本却备列诸名：有空空道人、情僧、吴玉峰题《红楼梦》，孔梅溪题《风月宝鉴》，曹雪芹题《金陵十二钗》。雪芹固是真名，但其假托诸名，未必毫无意义，盖非一人之力、旦夕之功，最后特标脂砚斋，又将各异名归一，“仍用石头记”似有与曹雪芹争著作权者，可谓奇矣。多设烟幕，似成蛇足。评注庞杂，歧中之歧未尝不由此而来，若不认清题目，分别枝干，即有索隐之故技，恐亦难得施展也。

约论二者之得失，虽亦有共通之点，非无共同之惑。迹其迷惑，源远流长，已历二百年，非偶然也，盖与明清之际之史迹有关，其他小说皆不名“学”，如《水浒》不曰水浒学；《三国》不曰三国学，而独称红学者何？岂《红楼》独超于其他小说之上欤？亦未必也，我儿时只作为笑话看，后来思之，却不尽然。

“红学”之为诨名抑含实义，有关于此书性质之认

识。早岁流行，原不过纷纷谈论，即偶形诸笔墨固无所谓“学”也。及清末民初，王、蔡、胡三君，俱以师儒之身份，大谈其《红楼梦》，一向视同小道或可观之小说遂登大雅之堂矣。王静安说中含哲理，惜乏嗣音。蔡、胡两子遂平分秋色，各具门庭，考证之视索隐，本属后来居上，及大量脂批出笼，自传之说更风靡一时。其后“辑评”内一书，当时原只为工作之需，却亦附带推波助澜的作用，颇感惭愧。脂批非不可用也，然不可尽信。索隐、自传殊途，其视本书为历史资料则正相同，只蔡视同政治的野史，胡看作一姓家乘耳。既关乎史迹，探之索之考辨之也宜，即称之为“学”亦无忝焉。所谓中含实义者也。两派门庭迥别，论证抵牾，而出发之点初无二致，且有同一之误会焉。

《红楼梦》之为小说，虽大家都不怀疑，事实上并不尽然。总想把它当作一种史料来研究，敲敲打打，好像不如是便不过瘾，就要贬损《红楼》的声价，其实出于根本的误会，所谓钻牛角尖，求深反惑也。自不能否认此书有很复杂的情况，多元的性质，可从各个角度而有差别，但它毕竟是小说，这一点并不因之而变更、动摇。夫小说非他，虚构是也。虚构原不必排斥实在，如所谓“亲睹亲闻”者是。但这些素材已被统一于作者意图之下而化实为

虚。故以虚为主，而实从之；以实为宾，而虚运之。此种分寸，必须掌握，若颠倒虚实，喧宾夺主，化灵活为板滞，变微婉以质直，又不几成黑漆断纹琴耶。前者所以有意会之说也。以意会之，各种说法皆得观其会通而解颜一笑，否则动成罣碍，引起争论盖两失之，而《红楼梦》之为红楼故自若也。

人言若得正问则问题之解决思过过半，斯言是也。以本书言之，其来历如何，得失如何，皆正问也。若云宝玉何人，大观园何地，即非正问。何则？宝玉者，小说中主角，不必实有其人；大观园者，小说中花园，不必实有其地。即或构思结想，多少凭依，亦属前尘影事，起作者于九原，恐亦不能遽对。全然摹实，不逾尺寸，又何贵于小说耶。

私意以愚意评之。考证之学原是共通的，出以审慎，不蔓不支，非无益者。猜谜即使不着亦无大碍，聊发一笑而已。只自传之说，明引书文，或失题旨，成绩局于材料，遂或以赝鼎滥竽，斯足惜也。

一九七八年十月十七日记

八六年八月二十六日整理重抄

（《俞平伯论红楼梦》，上海古籍出版社 1988 年版）

最是平生会心事

——蔡元培和他的《石头记索隐》

苗怀明

在二十世纪红学史上，蔡元培是作为索隐派的代表人物这一负面形象被盖棺定论的，这一认知在新红学兴起之后被学界普遍接受，成为共识。在此情况下，研究者对其红学研究也就没有再深入探讨的兴趣，至于其《石头记索隐》之外的大量红学言论，同样很少有人关注，更不用说系统、完备地搜集、整理和研究。

相比之下，倒是蔡氏本人对自己的红学研究成果比较看重，在谈到自己的著述时，时常提及，比如他在 1923 年秋至 1924 年间所写的《自书简历》中将《石头记索隐》与《中学修身教科书》《中国伦理学史》《哲学大纲》《简易哲学纲要》等著作并列。在 1921 年 3 月 2 日的日记中，

他不无得意地提到，法国巴黎大学校长埃贝尔在演讲时，“注重于北大废院存系之办法，对于我个人之著作，尤注意于《石头记索隐》”〔一〕。

在现代红学史上，蔡元培和他的《石头记索隐》经常被作为靶子受到批评，但这里有个问题：以蔡元培天资之高、学识之博，并不比哪位红学家低，他何以要花费如此多的时间和精力去写一部在其他红学家看来似乎是小儿科的著作，何以会犯那些在其他红学家看来如此明显的低级错误？既然错误如此低级，为什么在被胡适等人批评、指出之后却并不服气？蔡元培研究《红楼梦》的动机到底是什么？《石头记索隐》是如何写成的，它到底是不是蔡元培治学生涯的一个缺憾乃至污点？

尽管此前已有不少研究者涉及过这些问题，但并没有很好的解决，一些人往往批评一番草草了事。俗话说：盖棺定论。但盖棺之后的定论能否成为定论，同样需要事实的检验。最起码在笔者看来，红学界有关蔡元培的一些定论是存在问题的，与事实并不完全符合，评论也不够公允。

〔一〕 中国蔡元培研究会编：《蔡元培全集》第十六卷，浙江教育出版社1998年版，第114页。

下面依据相关资料对蔡元培的红学研究重新进行考察，并谈谈自己的一些想法。

一

根据相关资料来看，蔡元培研究《红楼梦》的态度是十分严肃、认真的。《石头记索隐》一书虽然不算太长，只有四万多字，但它可以说是一部花费了大量时间和精力的著述，鲁迅在《小说史大略》一书中称其“征引繁富，用力甚勤”〔一〕，其后在《中国小说史略》一书中称其“旁征博引，用力甚勤”〔二〕。可见鲁迅虽然不同意蔡元培《石头记索隐》一书的观点，但对其严肃、认真的研究态度还是给予充分肯定的。

为写作《石头记索隐》一书，从搜集资料到撰成该书，再到补充完善，蔡元培前后用了二十多年的时间，虽然其一生著述甚多，但花费如此多时间和精力的，似乎仅此一部。

据现有资料来看，蔡元培最早研究《红楼梦》当始于

〔一〕 鲁迅：《小说史大略》，陕西人民出版社1981年版，第94页。
〔二〕 鲁迅：《中国小说史略》，人民文学出版社1973年版，第206页。

光绪二十年（1894）。在这一年农历九月初一日的日记中，他这样写道：

> 鸡鸣进城，回馆已食时矣。阅《郎潜纪闻》。〔一〕

在当月初六的日记中，有这样的记载：

> 阅《郎潜纪闻》十四卷、《燕下乡脞录》十六卷竟，鄞郑康祺（钧堂）著，皆取国朝人诗文集笔记之属，刺取记国闻者。〔二〕

这里所说的《燕下乡脞录》为《郎潜纪闻》二笔。

之所以把这个时间点作为蔡元培研究《红楼梦》的开端，是因为在《燕下乡脞录》的卷五记载了徐柳泉的如下一段话：

> 嗣闻先师徐柳泉先生云："小说《红楼梦》一书，即记故相明珠家事。金钗十二，皆纳兰侍御所

〔一〕 中国蔡元培研究会编：《蔡元培全集》第十五卷，第34页。
〔二〕 同上书，第36页。

奉为上客者也。宝钗影高澹人；妙玉即影西溟先生，妙为少女，姜亦妇人之美称，如玉如英，义可通假。妙玉以看经入园，犹先生以借观藏书，就馆相府。以妙玉之孤洁，而横罹盗窟，并被以丧身失节之名，以先生之贞廉，而瘐死圜扉，并加以嗜利受赇之谤。作者盖深痛之也。”……《红楼梦》笔墨娴雅，屡见称于乾、嘉后名人诗文笔札。〔一〕

显然，这段话引起了蔡元培探讨《红楼梦》的浓厚兴趣。他本人也承认这一点：“余之为此索隐也，实为《郎潜二笔》中徐柳泉之说所引起。”〔二〕

将《燕下乡脞录》的这段记载与《石头记索隐》一书对比可知，其对蔡元培的研究有很大启发，既有观点层面的，也有方法层面的，特别是后者，为历来的研究者所忽略。

蔡元培研究《红楼梦》的机缘由此可知，其撰写《石头记索隐》还有没有别的动机呢？

一些研究者认为蔡元培撰写该书是有政治目的的，那

〔一〕［清］陈康祺《郎潜纪闻初笔二笔三笔》，中华书局1984年版，第404、405页。

〔二〕蔡元培：《石头记索隐》第六版自序，商务印书馆1922年第六版。本文所引《石头记索隐》文字皆出自该书，不再一一出注。

就是以此表达反清革命思想，这一看法颇有影响，但也有人质疑，并提出新的看法。〔一〕

结合蔡元培的生平经历来看，光绪二十年（1894）这一年，他在北京参加散馆考试，由翰林院庶吉士升补为翰林院编修，大量时间用在读书、交友上。此时他还没有产生反清革命思想，自然最初研究《红楼梦》也不会有这个动机，完全是出于个人的兴趣。

从1894年产生兴趣到1915年《石头记索隐》完成，其间蔡元培的思想发生较大变化，从事反清斗争，他会不会在此期间利用自己的这部红学著作来宣传反清革命思想呢？应该也不会，因为该书主要写于民国建立之后，到他出版该书的时候，中华民国早已建立，失去针对性和时效性，不需要再做这样的宣传了。如果该书在民国建立前出版流传，政治动机说也许会更有说服力。

再者，《石头记索隐》出版后，蔡元培仍不断搜集资料，进行增补，这同样可以说明他撰写此书更多是出于兴趣爱好，并没有政治动机。

〔一〕参见冉利华《创造国语的文学——蔡元培创作〈石头记索隐〉动机新探》，《文化与诗学》2010年第1期；陈荣阳《文人蔡元培的心史：〈石头记索隐〉新谈》，《红楼梦学刊》2015年第2辑。

虽然《石头记索隐》开头说《红楼梦》“作者持民族主义甚挚，书中本事在吊明之亡，揭清之失，而尤于汉族名士仕清者寓痛惜之意”，这是蔡元培对《红楼梦》主旨的认知，但这并不等于他本人也一定持这种思想和角度来研究《红楼梦》。

从全书内容来看，蔡元培重点在利用作品中的人物、故事来索隐历史人物，对反清排满思想并未着笔，读者也难以产生这样的印象。

在该书的结尾有这么一句话：“一切怡红快绿之文，春恨秋悲之迹，皆作二百年前之因话录、旧闻记读可也。”这里说的很明确，蔡元培希望读者把《红楼梦》作为“因话录、旧闻记读”，而不是让他们关注其中的“民族主义”。

1935 年 8 月 3 日，在《追悼曾孟朴先生》一文中，蔡元培说自己“是最喜欢索隐的人，曾发表过《石头记索隐》一小册。但我所用心的，并不只《石头记》，如旧小说《儿女英雄传》《品花宝鉴》，以至于最近出版的《轰天雷》《海上花列传》等，都是因为有影事在后面，所以读起来有趣一点”〔一〕。对自己研究《红楼梦》的动机，他说得再清楚不过。

〔一〕 中国蔡元培研究会编：《蔡元培全集》第八卷，第104页。

总的来看，蔡元培撰写《石头记索隐》一书应该是受到陈康祺《郎潜纪闻》的启发和影响，出于个人兴趣而撰写的，并不存在反清排满的政治动机，这应该是符合实际情况的。

二

光绪二十年（1894）蔡元培对《红楼梦》产生兴趣，这一年他是否已经开始动笔，还难以确知。

在此后的一段时间里，他一直在思考相关问题，这可以从其光绪二十二年（1896）六月十七日、九月初四的日记中看出来。

在六月十七日的日记中，他根据《郎潜纪闻》的启发，推测“黛玉当是竹垞”，“史湘云是陈其年”，“宝琴是吴汉槎”，“三春疑指徐氏昆弟”，“刘老老当是沈归愚”。〔一〕可见他已经思考得比较成熟，书中的一些核心观点正在形成。

在九月初四的日记中，他对清代《红楼梦》的评点进行了评述：

〔一〕 中国蔡元培研究会编：《蔡元培全集》第十五卷，第81页。

近日无聊，阅太平闲人所评《红楼梦》一过。……闲人评红楼，可谓一时无两，觉王雪香、姚梅伯诸人所缀，皆呓语矣。〔一〕

从这两天的日记来看，蔡元培仍处在搜集资料和准备阶段，应该还没有动笔。

到光绪二十四年（1898年）这一年，蔡元培已经写出了一部分初稿。在当年七月二十七日的日记中，他这样写道：

余喜观小说，以其多关人心风俗，足补正史之隙，其佳者往往意内言外，寄托遥深，读诗逆志，寻味无穷。前曾刺康熙朝士轶事，疏证《石头记》，十得四、五，近又有所闻，杂志左方，用资印证。〔二〕

随后列出林黛玉、薛宝钗、宝琴、妙玉、王熙凤、李纨、探春、惜春、史湘云、贾母、宝玉、刘老老共十二位小说人物所影射的人物名称，元春、迎春、秋菱三人则未列

〔一〕 中国蔡元培研究会编：《蔡元培全集》第十五卷，第93页。
〔二〕 同上书，第187页。

出，说明还没有找到她们影射的人物。

值得注意的是，在这一天的日记里，蔡元培清楚地说明了自己研究《红楼梦》的动机，他看重《红楼梦》这部小说意在“多关人心风俗，足补正史之隙”，自己着力点在找出其中的“寄托”，获得“寻味无穷”的快乐，显然这与政治无关。

在此后的十多年间，因诸事繁杂，《石头记索隐》的写作时断时续，即蔡氏本人在其传略中所说的：“孑民深信徐时栋君所谓《石头记》中十二金钗，皆明珠食客之说。随时考检，颇有所得。”〔一〕

1913年至1916年间，蔡元培游学欧洲，时间较为宽裕，于是又开始该书的写作。在1914年10月2日致当时在商务印书馆任职的蒋维乔的书信中，他介绍说：“现在着手于《红楼梦疏证》，写定即寄奉。”〔二〕可见他最初所定的书名是《红楼梦疏证》。商务印书馆2025年新近出版的《蔡元培全集》卷三收录了蔡元培《石头记疏证长编》手稿四册，每册封面皆有其所题“石头记疏证长编”，也可证明这一点。手稿主要内容为蔡元培撰写该书所做的资料

〔一〕 蔡元培：《传略》（上），中国蔡元培研究会编：《蔡元培全集》第三卷，第670页。

〔二〕 中国蔡元培研究会编：《蔡元培全集》第十卷，第226页。

摘抄，还有部分初稿，可见蔡元培为撰写该书做了充分、细致的准备工作。

第二年，书稿虽然还没有全部完成，他决定先在杂志上刊出，书名也从《红楼梦疏证》变成了《石头记索隐》。在1915年4月27日致蒋维乔的书信中，他这样写道：

> 《石头记索隐》本未成之作，故不免有戛然而止之状。加一结束语，则阅者不至疑杂志所载为未完，甚善。特于别纸写一条，以备登入。〔一〕

《石头记索隐》书后有明确的时间标记，那就是“民国四年十一月著者识”，这应该是全书完稿的时间。1916年，《石头记索隐》刊于《小说月报》第七卷第一至六号，从其书信的语气来看，应该是经蒋维乔之手发表的。之所以在《小说月报》连载，据蔡元培本人说是“是时应《小说月报》之要求，整理旧稿，为《石头记索隐》一册，附月报分期印之”〔二〕。

在《小说月报》刊载的同时，蔡元培还同商务印书馆

〔一〕 中国蔡元培研究会编：《蔡元培全集》第十卷，第241页。
〔二〕 蔡元培：《传略》（上），中国蔡元培研究会编：《蔡元培全集》第三卷，第670页。

商量出版单行本之事。起初，他想自办发行，自印自售。老朋友张元济则建议他采用租赁版权的办法，他在1916年11月22日致蔡元培的书信中写道：

> 敝见著作权仍为尊有，照租赁著作权章程（附呈一分），版税照定价十分之一，似比自印自售较为简净，未知尊意以为何如？〔一〕

这一建议被蔡氏采纳。

起初，蔡元培还想再润饰修订一番，但由于王梦阮、沈瓶庵《红楼梦索隐》一书的出版，张元济出于商业考虑，劝他加快出版速度。在1916年11月22日致蔡元培的书信中，张元济劝说道：

> 现在上海同业发行《红楼梦索隐》一种，若大著此时不即出版，恐将来销路必为所占，且驾既回国，料亦未必再有余闲加以润饰，似不如即时出版为便。〔二〕

〔一〕 张树年、张人凤编：《张元济书札》，商务印书馆1997年版，第1246页。

〔二〕 同上。

为了同《红楼梦索隐》竞争，张元济还决定将孟森的《董小宛考》一文附在书后。

1917年9月，商务印书馆出版了《石头记索隐》的单行本。该书出版后，很受读者的欢迎，并得到很高评价，有位叫王小隐的在《读红楼梦剩语》一文中写道：

> 民国五年蔡子民先生作了部《石头记索隐》说《红楼梦》是历史小说，暗射清初政治上的事情——都能够说出凭据来，识见要算加人一等的了——从此《红楼梦》的读法，就开了个新纪元，都要拿他来考证掌故。〔一〕

该书后来多次重印，到1919年7月时，已印行四千部，还要再加印一千五百部。在1919年7月17日的日记中，蔡元培这样写道："得商务印书馆函，索《石头记索隐》印花一千五百纸（前已印过四千部）。"〔二〕到1922年时，已出版到第六版。

屡屡再版，拿到的版税自然也就比较可观，据蔡元培

〔一〕 王小隐：《读红楼梦剩语》，《新中国》第2卷第4期（1920年）。

〔二〕 中国蔡元培研究会编：《蔡元培全集》第十六卷，第86页。

1923年10月10日的日记，此时“《石头记索隐》版权费已积有二百余元”〔一〕。

其间蔡元培仍不断补充材料，进行修订，这在其1918年之后的日记中屡有记载。这里择要列举一些：

> 《石头记》贾母称史太君，大观园为山子野所构造，又林四娘疑即指主司四人，林者翰林也，又或为四布衣、朱竹垞等（1917年9月29日）。

> 《石头记》之画蔷，王梦阮谓是指范事。今颇疑晴雯亦指范，即青霞之影射也，又鸳鸯自经，可卿亦有此疑，疑与青霞有关（1918年1月26日）。

> 阅易蔚儒《新世说》德行篇，引《池北偶谈》朱之锡遣婢事，疑《石头记》中七十四回惜春遣入画事所本（1918年7月10日）。

> 《石头记》影健庵之探春，别号蕉下客，或即影其因兄揽权欤（1919年7月12日）。

〔一〕 中国蔡元培研究会编：《蔡元培全集》第十六卷，第245页。

> 绛雪轩，为高宗与廷臣赋诗之所，隆裕后以之为休憩室，逊帝尝宴外宾于此，今日茶会亦在是，云云。案《石头记》有白雪红梅及梦兆绛芸轩等回目（1934年9月13日）。〔一〕

从上述记载来看，《石头记索隐》出版之后，蔡元培尽管事务繁杂，仍一直在进行增补修订，但这些内容后来并没有公开刊布，蔡元培本人也感到遗憾，在《传略》一文中表达了惋惜之情："此后尚有继续考出者，于再版、三版时，均未及增入也。"〔二〕不过由此也可见其撰著的认真态度。

需要说明的是，《石头记索隐》出版后，相当畅销，一直被不断重印。尽管后来蔡元培被划归索隐派，在与胡适的论战中处于下风，但这并未影响该书的销路，这种情况一直持续到今天。不过遗憾的是，各家出版社在争相刊印《石头记索隐》时，只是将原书重印一遍了事，都没有将蔡元培后来增补的内容加进去，其遗憾始终未得到弥补。

〔一〕 中国蔡元培研究会编：《蔡元培全集》第十六卷，第38、46、56、85、346页。

〔二〕 蔡元培：《传略》（上），中国蔡元培研究会编：《蔡元培全集》第三卷，第670页。

三

红学索隐派的形成代表着二十世纪初红学研究的另一条发展道路，一条与王国维的《红楼梦评论》迥异的道路，它是中国古代小说批评在新的时代文化语境中结出的一枚新型果实。在这一时期，索隐式研究已经由原先只言片语式的简单猜谜发展成较为系统完整的论述，篇幅动辄上万字，甚至达到十数万字，形成了一套独特而稳定的索隐式研究理论和方法。

较之王国维等人的红学研究，索隐派的观点在社会上同样有着广泛的影响，这种状况直到今天仍是如此，这无疑是红学研究史上一个十分值得关注的学术文化现象。

在这一时期的索隐诸家中，以蔡元培最具典型性，影响也最大。《石头记索隐》受《郎潜纪闻》一书的启发，将《红楼梦》视作一部“清康熙朝政治小说”，认为“作者持民族主义甚挚，书中本事在吊明之亡，揭清之失，而尤于汉族名士仕清者寓痛惜之意”。由于小说作者“虑触文网，又欲别开生面，特于本事以上加以数层障幕”，故需要“阐证本事”，这是全书立论的一个前提。

总的来看，蔡氏索隐出来的本事并没有太多新意，不

过是旁征博引，排比资料，论证作品中的人物、事迹影射某一历史人物，如贾宝玉影射胤礽、林黛玉影射朱竹垞、薛宝钗影射高江村、探春影射徐健庵、王熙凤影射余国柱等等。较之以往的同类著述，不过索隐出来的人物、事迹更多，更为系统而已。

值得注意的是，蔡元培在书中将以往片言只语的简单猜谜发展成较为完整系统的论述，并归纳出一套具有操作性的索隐式研究法。他在《石头记索隐》第六版自序中指出："自以为审慎之至，与随意附会者不同。"

蔡元培所归纳出来的索隐式研究法可以称作"三法推求"法，即他在《石头记索隐》第六版自序中所说的"知其所寄托之人物，可用三法推求：一、品性相类者；二、轶事有征者；三、姓名相关者"。所谓的品行相类法、轶事有征法和姓名相关法这三种基本方法，就是通过人物品行、秉性、事迹的类比以及汉字的字形、读音和字义，在作品人物与历史人物的某一个方面建立联系，从而确定彼此存在影射关系。

以探春影射徐健庵为例，其证据是"健庵名乾学，乾卦作 ☰，故曰三姑娘。健庵以进士第三名及第，通称探花，故名探春。健庵之弟元文入阁，而健庵则否，故谓之庶出"。《红楼梦》第二十七回，探春嘱托贾宝玉买些"朴而不

俗、直而不拙的”轻巧玩意儿之事则是影射徐健庵“尝请崇节俭、辨等威，因申衣服之禁，使上下有章”之事。

这一论证综合运用了蔡氏所归纳的三种方法，其中“健庵名乾学，乾卦作 ☰，故曰三姑娘”属于姓名相关法，“健庵之弟元文入阁，而健庵则否，故谓之庶出”属于“轶事有征法”，贾探春嘱托贾宝玉买些“朴而不俗、直而不拙的”轻巧玩意儿之事影射徐健庵“尝请崇节俭、辨等威，因申衣服之禁，使上下有章”之事则属于“品行相类法”。根据这三种方法，他得出贾探春影射徐健庵的结论。

书中其他人物也大多是按照这种思路和方法索隐出彼此间的影射关系，比如贾宝玉爱红之癖蕴涵着“以满人而爱汉族文化”这一观点，其证据是作品中多用“红”字，这是在影射“朱”字，而“朱者，明也，汉也”。就是利用汉字的字义，经过一番转换，在红与汉之间建立联系，从而将爱红之癖等同于“以满人而爱汉族文化”。

这种索隐式小说解读法的产生自有其悠久深厚的历史文化根源，它与中国古代小说独特的产生发展历程及人们较为纷杂的小说观念有着内在的关系。中国古代小说与西方小说不同，受早熟的史传文学影响极深，这种影响可以说是全方位的，从小说观念到评价标准，从叙事视角到行文布局，无不深深打着史传文学的烙印，即便是在小说成

为一种独立的文学样式成熟之后仍是如此。小说创作以史传为最高标准，能否补正史之余往往成为作者追求的一种目标，无论是作者还是读者，都将小说是否真实作为判断其价值的一个基本依据。这在文言小说的创作中表现得尤为明显，白话通俗小说虽然受到主流文化的排斥，根本无法达到补正史的要求，但作者及评论者仍将其作为目标。

事实上，这种观念对小说创作产生了相当的影响。中国古代小说尤其是白话通俗小说尽管想象虚构的成分很多，但不少仍有所本，历史演义小说不说，就连神魔小说如《西游记》《封神演义》《三宝太监西洋记通俗演义》等都要从一件史实生发推演。后来的《儒林外史》《孽海花》等小说更是将真人真事糅合进小说作品，这样就为读者辨析真假、探寻本事提供了空间。

在古代小说批评中，有不少是对小说与史实的异同进行辨析，真假问题往往成为读者、批评者所关心的核心问题，对小说本事的解读成为一种很常见的解读方式。在小说作者与读者之间形成了一种默契和共谋，对读者来讲，索隐式研究符合其阅读期待视野，同时满足了其探求谜底的好奇心，因而容易受到关注，这是索隐式研究得以存在并广为流传的文化心理基础。

由上述分析可知，索隐式研究并非红学研究的专利，

它在小说研究中十分常见，比如对《金瓶梅》等作品的本事，明清以来不断有人探讨，迄今不绝。只是由于《红楼梦》影响太大，红学研究过于显赫，索隐式研究才更为发达，引人注目。

同时也不可否认，《红楼梦》作品自身的一些特点也为这些索隐式阅读提供了很大的想象空间，使其发展到极致，形成了中国近现代学术史上一个颇为独特的现象。

首先，《红楼梦》以其对人物事件极为生动细致的描摹刻画使小说达到了一种高度的真实。这种真实使一部分读者混淆了作品与现实的界限，将作品中的人物等同现实生活中的真实人物。这在文学史上也是一种常见的现象。

其次，作者本人在真假问题上含糊其辞的暗示也给了读者以很大的想象空间。比如他在全书一开头就说："作者自云：因曾历过一番梦幻之后，故将真事隐去，而借'通灵'之说，撰此《石头记》一书也。曰'甄士隐'云云。""虽我未学，下笔无文，又何妨用假语村言，敷演出一段故事来。"〔一〕无疑，这是一种耐人寻味的暗示，到底作者隐去了哪些真事，以何种方法隐去，这对读者来说实在

〔一〕 中国艺术研究院红楼梦研究所校注：《红楼梦》，人民文学出版社2008年版，第1、2页。

是太有吸引力了。在此情况下，不难理解会有不少人费心劳力来揭示其中的本事，乐此不疲。且不说还有脂砚斋等人在评点中以当事人、知情人者身份不时进行的点拨。显然，索隐式研究有其渊源近因，并非空穴来风。

不过就研究方法而言，这种索隐式研究属于主题先行式，即往往是脑海里先有了某种观念、想法后，再通过各种方法来进行图解落实。毕竟《红楼梦》是一部大书，在书中成千上万字词的音、形、义之间建立某种联系，将其中的人物故事与历史上的人物事迹之间寻找相似性，这有着无限可能性，索隐式研究者因而总能找到自己所希望的那种联系。正如余英时先生所言："照我个人的推测，'索隐派'诸人，自清末以迄今日，都是先有了明清之际一段遗民的血泪史亘于胸中，然后才在《红楼梦》中看出种种反满的迹象。"〔一〕这话用在蔡元培身上，也是很准确的。

蔡元培的红学研究使索隐派红学逐渐成型，形成了一套独特而稳定的研究理论和方法，对后世红学研究影响深远。至于何以这种研究方式有着如此顽强的生命力，又一直有着如此广大的读者群，这确实是一个值得思考的文化

〔一〕 余英时：《近代红学的发展与红学革命》，《红楼梦的两个世界》，上海社会科学院出版社2002年版，第12页。

现象。对这一现象的深入揭示，有助于对国民文化心态全面、准确的了解，同时它还帮助公众形成正确的审美观念和阅读习惯有着特别的意义。

因此，从这个角度来看，对索隐派红学不能简单地批评了事，而是首先应该进行深入了解，读读他们的著作，看看索隐派研究者到底都说了些什么，到底是如何说的，具体操作方法如何，在此基础上提出批评意见。贴标签、戴帽子的粗暴霸权方式并不能解决问题，既难以服人，也容易招致公众的反感。我们需要一种客观公正的态度。毕竟客观公正并不等于同情，更不意味着默许和赞成。

四

蔡元培的观点和方法在当时影响甚大，从《石头记索隐》的畅销可以看出这一点。当然也有不同的声音在，几年之后，蔡元培的红学新说受到了来自胡适、俞平伯等人的挑战。

鉴于蔡元培的特殊身份及其《石头记索隐》在社会上的较大影响，当胡适等人着手创建新红学，开始对先前的旧红学进行清算的时候，拿蔡元培来做靶子自然是顺理成章的事了。因此，胡适这种批评对象的选择并非如有人所

说的借此成名之类，两人之间的红学论争自有其必然性，这是中国现代学术建立过程中的一个必经步骤。

由于两人的身份都比较特殊，同为公众人物，自然很容易受到关注，其影响也超出了红学范围。胡适与蔡元培围绕《红楼梦》展开的论战，不仅是红学史上的一次重要事件，它还意味着新、旧学术的一次正面交锋，在中国现代学术史上极具象征意义。

这场论争是由胡适率先发起的。1921 年，他在学生俞平伯、顾颉刚的大力帮助下完成了《红楼梦考证》改定稿。在该文中，他虽然承认蔡元培“引书之多和用心之勤”，但还是将蔡元培归入“附会的‘红学’”中的一派，认为蔡氏“这么多的心力都是白白的浪费了”，“他这部书到底还只是一种很牵强的附会”，是在猜“笨谜”〔一〕，并对其研究中的不合理与不严密处进行批驳。

蔡元培一直认为自己的研究是属于索隐派中的“谨严者”，对胡适的批评自然不服气，要撰文进行反驳。稍后，1922 年初，蔡元培在为《石头记索隐》第六版写自序时，对胡适的批评进行了回应。这篇序文有一个标题，名

〔一〕 以上胡适《红楼梦考证》改定稿，载宋广波编校注释《胡适红学研究资料全编》，北京图书馆出版社2005年版，第141页。

为《对于胡适之先生〈红楼梦考证〉之商榷》。

在该文中，他明确表示，对胡适的批评“殊不敢承认”。一方面，他表明自己态度的审慎和方法的可靠：

> 每举一人，率兼用三法或两法，有可推证，始质言之。……自以为审慎之至，与随意附会者不同。

另一方面，他又对胡适的批评进行反驳。他承认胡适“于短时期间，搜集许多材料。诚有功于《石头记》”，同时又表示：

> 吾人与文学书，最密切之接触，本不在作者之生平，而在其著作。著作之内容，即胡先生所谓‘情节’者，决非无考证之价值。

他同时还列举了一些古今中外文学史上的作品加以说明，确认考证情节的必要。

针对胡适的“笨谜”之说，蔡元培认为这“正是中国文人习惯”，并以《品花宝鉴》《儿女英雄传》《儒林外史》等小说为例，说明这些小说作品是可以索隐的，《红楼梦》也是可以索隐的。

在此基础上，他还对胡适的《红楼梦》考证进行了批驳，他指出：

> 《石头记》自言著作者有石头、空空道人、孔梅溪、曹雪芹等，而胡先生所考证者惟有曹雪芹。《石头记》中有许多大事，而胡先生所考证者惟有南巡一事，将亦有任意去取，没有道理之诮与？

针对胡适的《红楼梦》自传说，蔡元培认为：

> 书中既云真事隐去，并非仅隐去真姓名，则不得以书中所叙之事为真。

他还举出一些曹家与小说中贾家事迹不符的例子加以说明。

最后他坚持认为：

> 鄙意《石头记》原本，必为康熙朝政治小说，为亲见高、徐、余、姜诸人者所草。后经曹雪芹增删，或亦许插入曹家故事。要未可以全书属之曹氏也。

有趣的是，蔡元培在坚持己见的同时，也部分地接受

了胡适的意见，同意曹雪芹创作了《红楼梦》，书中有曹家故事。

两相对比，胡适对蔡元培是全部否定，蔡元培对胡适则是部分否定，主张索隐与考证并存。两人一处于主动地位，一处于被动地位。

平心而论，蔡元培为自己著作所做的辩护是缺乏力量和说服力的，情节考证有必要，古代小说一些作品可以索隐，这是没有问题的，但这要根据作品的实际情况具体分析，并不能由此证明他的《石头记索隐》的正确性。他所总结出的三种方法：品行相类法、轶事有征法和姓名相关法，从本质上讲，前两种是附会，后一种是猜谜，这倒恰恰暴露了《石头记索隐》的致命伤，正如顾颉刚 1922 年 3 月 13 日在给胡适的书信中所说的：

> 若必说为性情相合，名字相近，物件相关，则古往今来无数万人，那一个不可牵到《红楼梦》上！〔一〕

当然，蔡元培为自己所作的辩护也并非毫无力量，

〔一〕 曹伯言整理：《胡适日记全编》第3册，安徽教育出版社2001年版，第579页。

他指出了中国古代文学创作和阅读的影射索隐传统。同时，他对胡适自传说的批评也是很有力的，指出了自传说的弊端所在。胡适用曹家的人物事迹来和作品相关描写进行对照，这何尝不是一种索隐，不过两者使用的方法不同而已。

对蔡元培的反驳，胡适也做了回应。在《跋〈红楼梦考证〉》一文中，他承认“有几种小说是可以采用蔡先生的方法的”，如《孽海花》《儒林外史》，但他同时又指出，“蔡先生的方法的适用是很有限的了。大多数的小说是决不可适用这个方法的”，随后引用了顾颉刚所说的索隐派两种前后矛盾及不合情理的理由。

随后，胡适强调了作者生平考证的重要性，指出它是情节考证的“第一步下手工夫”，并再次呼吁：

> 要推倒“附会的红学”，我们必须搜求那些可以考定《红楼梦》的著者、时代、版本等等的材料。向来《红楼梦》一书所以容易被人穿凿附会，正因为向来的人都忽略了“作者之生平”一个大问题。〔一〕

〔一〕 胡适：《跋〈红楼梦考证〉》，宋广波编校注释：《胡适红学研究资料全编》，北京图书馆出版社2005年版，第200、201、203页。

这个回答加上先前的《红楼梦考证》改定稿，应该说基本上批倒了蔡元培的索隐式研究法，蔡氏无法为自己作更有力的辩护，也就没有再专门写文章进行回应。

1921 年蔡胡之间的这场论战，是中国现代红学史上的一个标志性事件，从此胡适等人开创的考证派新红学取代索隐派，成为红学研究的主流，索隐派红学虽然生命力顽强，但一直处于边缘状态。

蔡元培并非顽固不化的保守者，而是开风气之先的时代领军人物，他何以走上索隐之路，而在类似学术文化背景下成长的胡适何以能成为新红学的开创者，这无疑是一个值得深思的问题。

蔡元培是中国近现代文化史和学术史上一位具有代表性的重要人物，他曾是前清进士、翰林院编修，后来成为开一代新风的现代教育家、政治家、学者。他顺应历史文化潮流，从一个典型的传统文人转变为一位新型知识分子。他既保持了传统文人的特色，又具有现代学人的品格，传统与现代，保守与先锋，都在他身上留下了深深的烙印，体现了这一时期过渡转型的特点。

就其学术研究而言，也具有这一特点。一方面，他积极汲取西方人文思想，游学德国、法国，主张以美育代宗教，成为中国现代美学的奠基人；另一方面，他又沿

袭传统的治学模式，以索隐的方式解读《红楼梦》。从蔡元培的身上，可以看到中国近现代学人面对学术转型的选择，可以看出中国近现代学术发展演进的复杂性与艰巨性。

五

需要说明的是，蔡元培的红学研究是相当丰富多彩的，并非《石头记索隐》一书所能全部概括，也并非索隐一词所能完全涵盖。在《石头记索隐》之外，蔡元培还从其他角度对《红楼梦》一书进行过评述，时有精彩见解，可惜这些观点一直为学术界所忽视。

应该说，蔡元培有些观点在当时还是颇有新意的，比如他在 1920 年 6 月 13 日的《在国语讲习所演说词》中有一段专门谈论《红楼梦》的文字：

> 许多语体小说里面，要算《石头记》是第一部。他的成书总在二百年以前。他反对父母强制的婚姻，主张自由结婚；他那表面上反对肉欲，提倡真挚的爱情，又用悲剧的哲学的思想来打破爱情的缠缚；他反对禄蠹，提倡纯粹美感的文学。他反对历代阳

> 尊阴卑、男尊女卑的习惯，说男污女洁，且说女子嫁了男人，沾染男人的习气，就坏了。他反对主奴的分别，贵公子与奴婢平等相待。他反对富贵人家的生活，提倡庄稼人的生活。他反对厚貌深情，赞成天真烂漫。他描写鬼怪，都从迷信的心理上描写，自己却立在迷信的外面。照这几层看来，他的价值已经了不得了。这种表面的长处还都是假象。他实在把前清康熙朝的种种伤心惨目的事实，寄托在香草美人的文字，所以说‘满纸荒唐言，一把辛酸泪’。他还把当时许多琐碎的事，都改变面目，穿插在里面。这是何等才情！何等笔力！……他在文学上的价值，是没有别的书比得上他。〔一〕

尽管还不忘索隐，但蔡元培并非像一般人所想象的那样钻牛角尖，在这段话里他对《红楼梦》一书在思想上的创见有着相当全面、深刻的认识。对《红楼梦》的文学价值，他同样给予高度肯定。

可见蔡元培不是像有些索隐派那样，将《红楼梦》等

〔一〕 蔡元培：《在国语讲习所演说词》，中国蔡元培研究会编：《蔡元培全集》第四卷，第154页。

同于历史著作，而是在索隐的同时，兼顾该书的思想性和艺术性，尽管两者是矛盾的。

像这样的论述还有不少：

在 1899 年 6 月 12 日的日记中，蔡元培将《红楼梦》与《茶花女》进行比较：

> 点勘《巴黎茶花女遗事》译本，深人无浅语，幽矫刻挚，中国小说者，惟《红楼梦》有此境耳。〔一〕

尽管没有详细的论述，但将《茶花女》与《红楼梦》放在一起进行比较，表现出宽广的学术视野，可以说是早期比较文学研究的尝试，这在当时也是难得可贵的。

1916 年 12 月 27 日在《在北京通俗教育研究会演说词》中，蔡元培提到：

> 《石头记》一书，世人多视为言情小说，其实为政治小说。书中述男人交际，皆取放任主义。〔二〕

〔一〕 中国蔡元培研究会编：《蔡元培全集》第十六卷，第225页。

〔二〕 蔡元培：《在北京通俗教育研究会演说词》，中国蔡元培研究会编：《蔡元培全集》第二卷，第499页。

1917 年 4 月 8 日在《以美育代宗教说——在北京神州学会演说词》中，他说道：

> 《石头记》若如《红楼后梦》等，必使宝、黛成婚，则此书可以不作；原本之所以动人者，正以宝、黛之结果一死一亡，与吾人之所谓幸福全然相反也。〔一〕

1920 年 10 月，在题为《论国文的趋势及国文与外国语及科学的关系》演讲中，他这样评价《红楼梦》：

> 后来施耐庵的《水浒》、曹雪芹的《红楼梦》，都不模仿唐人小说，可是他的价值还是不错。〔二〕

上述观点在红学研究已有多年丰厚积累的今天看来，也许算不了什么，但在当时可以说是相当精彩乃至超前的，并不是谁都能提出这样的见解。蔡元培从社会文化视角评述《红楼梦》，指出作品所体现的批判现实色彩，强

〔一〕 蔡元培：《以美育代宗教说——在北京神州学会演说词》，中国蔡元培研究会编：《蔡元培全集》第三卷，第62页。

〔二〕 蔡元培：《论国文的趋势及国文与外国语及科学的关系》，中国蔡元培研究会编：《蔡元培全集》第四卷，第218页。

调作品的悲剧精神，欣赏“悲剧之美，以其能破除吾人贪恋幸福之思想”[一]，由此给予《红楼梦》很高的评价。这也是当时的一种时代文化风气，自有其价值和意义在，应该给予充分肯定。

总的来看，蔡元培在解读《红楼梦》时，将其内涵分成了两个层面：一个是思想艺术层面，即他所说的“表面的长处”；一个则是内在的层面，即他所说的“把前清康熙朝的种种伤心惨目的事实，寄托在香草美人的文字”。这样的区分还是还有一定道理的。当然，他的着力点在后一个层面，后人对其《红楼梦》研究的印象也在后一个层面。

既承认《红楼梦》自身的思想艺术价值，同时又强调其背后所隐含的政治内容，融艺术分析、索隐于一炉，具有从传统旧学到现代学术的杂糅过渡色彩，这正是蔡元培红学研究的特色所在。

可以说，即便没有《石头记索隐》一书，仅靠上述一些有关《红楼梦》的言论，蔡元培在红学史上也是值得写上一笔的。

〔一〕 蔡元培：《以美育代宗教说——在北京神州学会演说词》，中国蔡元培研究会编：《蔡元培全集》第三卷，第62页。

六

蔡胡争论之后，胡适得到学界较多的支持，蔡元培则明显居于下风。不过，蔡元培后来虽然不再撰文直接进行反驳，但这并不意味着他已经认同了胡适的观点。相反，他还颇为坚定地保留着自己的意见。

1926 年，蔡元培在为同乡寿鹏飞《红楼梦本事辨证》一书写序时表明了这一点："先生不赞成胡适之君以此书为曹雪芹自述生平之说，余所赞同。"〔一〕

1937 年在阅读《雪桥诗话》一书时，他联想到《红楼梦》中的一些人物，基本上仍是延续《石头记索隐》的思路〔二〕。

在止笔于 1940 年 2 月的《自写年谱》中，他再次声明："我自信这本索隐，决不是牵强附会的。"〔三〕这话显然

〔一〕 蔡元培：《〈红楼梦本事辨证〉序》，中国蔡元培研究会编：《蔡元培全集》第五卷，第398页。

〔二〕 参见蔡元培1937年3月20日日记，中国蔡元培研究会编：《蔡元培全集》第十七卷，第22—23页。

〔三〕 蔡元培：《自写年谱》，中国蔡元培研究会编：《蔡元培全集》第十七卷，第475页。

是针对胡适的批评来说的。

对此，胡适感慨颇多，1961 年 2 月 18 日，他在与胡颂平的谈话中这样评说蔡元培：

> 他对《红楼梦》的成见很深，像寿鹏飞的《红楼梦本事辨证》，说是影射清世宗与诸兄弟争立的故事，我早已答覆他提出的问题。到了十五年，蔡先生还怂恿他出这本书，还给他作序。可见一个人的成见之不易打破。〔一〕

在 1961 年 2 月 16 日的日记中，胡适还写道：

> 半夜看会稽寿鹏飞（字槩林）的《〈红楼梦〉本事辨证》。（商务民十六年六月初版，十七年六月再版——比俞平伯的《红楼梦辨》销的多多了！）寿君大不满于我的‘自述生平’说，而主张此书为专演清世宗与诸兄弟争立事。其说甚糊涂，甚至于引胡蕴玉《雍正外传》一类的书！但书首有蔡孑民先生的短序，题‘十五年六月三十日’，其中说：‘先

〔一〕 宋广波编校注释：《胡适红学研究资料全编》，第 427 页。

生不赞成胡适之君以此书为曹雪芹自述生平之说，余所赞同。’此序作于我《答蔡孑民先生的商榷》（十一.五.十）之后四年。〔一〕

胡适显然对蔡元培的执着感到有些不解，他也许没有意识到，自己并没有真正说服蔡元培。人都是这样，在说着别人固执的时候，自己也许更固执。

蔡元培虽然并不认输，对自己的观点坚持了一生，但他对新红学的印象也相当不错，这可以从他与胡适密切的交往中看出来。

从当年两人的争论来看，基本上是在平等友善、随时沟通的气氛下进行，虽然学术观点针锋相对，互不相让，但不失君子之风，相对于后世频繁发起却没有结果、由学术论争屡屡演变成人身攻击的诸多论争，它可以为学界提供许多值得思考的东西。

胡适在进行论辩时，曾引用亚里士多德的如下一段话来表明自己论辩时的态度和立场："讨论这个学说（指柏拉图的《名象论》）使我们感觉一种不愉快，因为主张这个学说的人是我们的朋友。但我们既是爱智慧的人，为维持

〔一〕 曹伯言整理：《胡适日记全编》第8册，第757页。

真理起见，就是不得已把我们自己的主张推翻了，也是应该的。朋友和真理既然都是我们心爱的东西，我们就不得不爱真理过于爱朋友了。”〔一〕

胡适晚年在回顾这场争论时曾颇有感慨的说：“当年蔡先生的《红楼梦索隐》，我曾说了许多批评的话。那时蔡先生当校长，我当教授，但他并不生气，他有这种雅量。”〔二〕

最能说明这一点的一件事是发生在此间的一个小插曲。在两人论争期间，蔡元培帮胡适借到了其久寻不遇的《四松堂集》刻本，为胡适解决了有关曹雪芹生平的一些问题，胡适为此很是兴奋，在《跋〈红楼梦考证〉》一文中写道：“我寻此书近一年多了，忽然三日之内两个本子一齐到我手里，这真是‘踏破铁鞋无觅处，得来全不费工夫’了。”〔三〕

不仅如此，蔡元培还对考证派另一位主要人物俞平伯的著作表示欣赏，在 1923 年 4 月 5 日的日记中，他这样写道：“阅俞平伯所作《红楼梦辨》，论高鹗续书依据及于

〔一〕 胡适：《跋〈红楼梦考证〉》，宋广波编校注释：《胡适红学研究资料全编》，第 204 页。

〔二〕 胡适一九六一年二月十八日与胡颂平的谈话，宋广波编校注释：《胡适红学研究资料全编》，第 427 页。

〔三〕 胡适：《跋〈红楼梦考证〉》，宋广波编校注释：《胡适红学研究资料全编》，第 199 页。

戚本中求出百十一本，甚善。”〔一〕

同样，胡适也把《雪桥诗话》借给蔡元培，让他了解其中所载曹雪芹情况。两人的这种雅量和胸怀是后世许多学人无法企及的，堪称典范之举。蔡元培日后回忆到这件事时，颇有些今昔之叹，如他在 1937 年 4 月 11 日的日记中这样写道：“忆在北平时，曾向胡适之君借阅初、二集，然仅检读有关曹雪芹各条，未及全读也。”〔二〕

坚持个人的意见，同时也不排斥其他人的见解，蔡元培的治学态度还是颇为开明的，认识到这一点，才能见及其全人。老实说，这种胸怀不是谁都有的，能遇到这样的对手，对胡适来说，也是一种荣幸和福分。

尽管蔡元培的许多具体红学观点在今天看来是站不住脚的，但他绝不该受到嘲笑，以他在当时的身份和声望，能花费如此多的时间和精力来为《红楼梦》写一部专著，这本身就是一件大书特书的事情，可谓开风气之先，它客观地扩大了《红楼梦》在社会上的影响，对后来的《红楼梦》研究具有可贵的倡导和启发意义。何况他的研究态度是十分严肃、认真的，其方法上的错误也是有根源的，并

〔一〕 中国蔡元培研究会编：《蔡元培全集》第十六卷，第201页。
〔二〕 中国蔡元培研究会编：《蔡元培全集》第十七卷，第37页。

非其个人的资质和学识存在问题，这是中国学术从传统到现代的转化过程中必然出现的一个现象。胡适的许多红学观点后来也被证明是错误的，但这丝毫无损于其在红学史上的开创地位。可见观点的正确与否也许并不是最重要的。人们能以此评价胡适，也就应该以此眼光来评价蔡元培。

放在红学史的大背景下进行观照，说蔡元培是中国现代红学的先驱者，这个评价应该还是比较公正、客观的。

蔡元培曾为刘思谦题写扇面，摘录陆游《烟波即事》诗，其中有一句“最是平生会心事”，笔者觉得它颇能反映其撰写《石头记索隐》的心态，就将其作为本文的题目。

苗怀明

2023 年 9 月 5 日